本是后山人，偶做前堂客，醉舞经阁半卷书，坐井说天阔。

书阅万册，桥过千度，闲瑕庭院观雪落，偶成此书赠君阅。

桃源心境

中国传统院落文化

徐鹏 著

重庆出版集团 重庆出版社

图书在版编目（CIP）数据

桃源心境：中国传统院落文化/徐鹏著 . —— 重庆：重庆出版社 , 2022.6
ISBN 978-7-229-16869-8

Ⅰ.①桃… Ⅱ.①徐… Ⅲ.①散文集 – 中国 – 当代 Ⅳ.① I267

中国版本图书馆 CIP 数据核字 (2022) 第 091405 号

桃源心境——中国传统院落文化
TAOYUAN XINJING —— ZHONGGUO CHUANTONG YUANLUO WENHUA

徐 鹏 著

责任编辑：徐 飞　刘惜田
责任校对：刘小燕
插　　画：张小艳
版式设计：尚品视觉 CASTALY　周娟　刘玲

重庆出版集团
重庆出版社　出版

重庆市南岸区南滨路 162 号 1 幢　邮政编码：400061　http://www.cqph.com
重庆恒昌印务有限公司印刷
重庆出版集团图书发行有限公司发行
E-MAIL: fxchu@cqph.com 邮购电话：023-61520646

全国新华书店经销

开本：887 mm×1 194 mm　1/32　印张：8.125　字数：168 千
2022 年 6 月第 1 版　2022 年 6 月第 1 次印刷
ISBN 978-7-229-16869-8

定价：59.00 元

如有印装质量问题，请向本集团图书发行有限公司调换：023-61520678

版权所有　侵权必究

前言

千百年来，中华民族的先哲贤士、文人墨客们，都对大自然充满了爱和向往。不管是匿迹江湖、醉心山野的隐者樵夫，还是身居高位、权倾朝野的贵胄显要，甚至是坐拥天下、威扬海内的帝王将相，无不对园林生活充满了憧憬。在他们内心深处，都有一个娴静舒适、安宁幽雅的"桃花源"。这或许是因为战争激发了人类对太平恬淡生活的向往，也或许是"天人合一"、亲近自然的天性，已经深深地写在了人类的基因里。

从陶渊明的"采菊东篱下，悠然见南山"，到王维的"辋川别业"，再到王献臣的拙政园；从秦始皇的"一池三山"，到汉武帝的"上林苑"，再到宋徽宗的"艮岳"，清朝皇家的圆明园、颐和园，都是中华民族的先辈们对心中那个"桃源"梦境的追求。

这"桃源"之梦，变成诗文，就成了陶渊明、王维、李清照们的隽永诗章、斐然文采；变成音符，就成了李延年、嵇康、姜白石们的悠悠箫响、瑟瑟琴音；变成书画，就成了王羲之、吴道子、郑板桥们的笔下飞鸿、墨中竹影；变成园林，就成了拙政园的荷风翠嶂、狮子林的怪石奇峰、颐和园的雕栏画舫。中华园林与中华文化就是这样互为羽翼、相辅相成、水乳交融。

在 21 世纪的今天，生活节奏加快，自然环境也已沧海桑田。闲暇逸致，半日难求，碧水清风，竟成奢侈。但是，我们对美好居住环境的渴望却从未改变。本书将带我们探寻历史，重温文人佳士们的内心世界；遍览名园，再赏园师筑匠们的巧夺天工。

　　本书共四个篇章。第一篇《风》，讲述历代名士文人们对"桃源"的向往和解读，探讨什么是真正的"桃源精神"，何谓真正的"世外桃源"；第二篇《雅》从堪舆布局到建筑构件，从一山一水，一草一木，到一砖一瓦，一亭一榭，详细展示了园林生活的恬淡、静美；第三篇《颂》从主人的生活和心境入手，围绕赏石看画、观鸟玩虫、品茗饮酒等，全面展示高雅生活的点滴品味；第四篇《传》，带我们去看烟雨江南的私家宅园，去看苍茫北国的皇家林苑，全方位、无死角地欣赏它们动人心魄的美。

　　来自北京的好友奉璋在写作过程中提供了大量帮助，在此表示特别的谢意。希望这本书可以让忙碌都市生活中的朋友们静下心来，寻找一下自己内心的那个只属于自己的"桃花源"。

徐鹏
2022 年 6 月 14 日于重庆

目录

| 前言 | 001 |

风

第一节 一记桃源千古传　002
陶渊明和他的世外桃源　002
中国园林中的诗情、画意、哲思　007
中国古典园林与中国古典文学　011

第二节 半生功业隐山川　016
隐者的踪迹　016
辋川图上看春暮　020

第三节 是真名士风雅在　026
魏晋名士的乡愁　026
唐宋名家的雅致　030
明清文人的园林情结　034

第四节 自古富贵长思闲　040
秦皇的"一池三山"与汉武的"上林苑"　040
《红楼梦》中的园林梦　044

雅

第一节 修园一似谋佳篇　052
选址有讲究　052
门的门道　056
天井里的世界　061
庭院深深深几许　064
晚秋雨稠暮檐轻　069

第二节 一砖一瓦总相关　　　　　　073

一砖一瓦一匠心　　　　　　　　　073
千年"香山帮"　　　　　　　　　077
楼榭亭台各不同　　　　　　　　　081
一石一椅皆有意　　　　　　　　　086

第三节 四方风物一园足　　　　　　092

空庭幻出小嶙峋　　　　　　　　　092
只恐夜深花睡去　　　　　　　　　097
梧桐叶上三更雨　　　　　　　　　102
竹外一枝斜更好　　　　　　　　　107
天意怜幽草　　　　　　　　　　　110
小桥流水人家　　　　　　　　　　114

第四节 要得人心似自然　　　　　　119

"借"得山川秀　　　　　　　　　119
匾情楹趣　　　　　　　　　　　　124

颂

第一节 千金买得半日闲　　　　　　132

丹青妙笔殊可玩　　　　　　　　　132
爱此一拳石　　　　　　　　　　　136
虫鱼有真趣　　　　　　　　　　　140
飞鸟相与还　　　　　　　　　　　145

第二节 吾庐容膝且易安　　　　　　150

一桌一凳也风流　　　　　　　　　150
中国传统家具的发展　　　　　　　155
优雅的明清家具　　　　　　　　　159

第三节 茗香酒醇足留客　　　　　　164

且将新火试新茶　　　　　　　　　164
晚来天欲雪，能饮一杯无　　　　　170

第四节 小楼书阁有坤乾   177
碧流深处读书房   *177*
文房四宝的故事   *181*

第一节 天下名园看江南   192
苏州园林漫谈   *192*
拙政园美景   *195*
网师园往事   *201*

第二节 千秋功业碧波间   206
风雨恭王府   *206*
纪晓岚故居   *210*
李鸿章故居   *213*

第三节 前朝古院堪风雨   218
狮子林里的"狮子"   *218*
千年文脉沧浪亭   *222*
在豫园看假山奇石   *226*
"借"来的颐和园   *229*

第四节 何妨今苑焕新颜   234
浅谈"别墅"   *234*
中国"别墅"简史   *237*
别墅的设计和布置   *240*
院落与家风传承   *243*

后记   251

第一节

一记桃源千古传

中国的文人名士,素来都是喜欢山水田园的。春秋时候的庄子,在小小的漆园中,在静静的濮水畔,已经为他的后辈们树立了精神丰碑。陶渊明又用他细致入微的笔触和天马行空的想象,勾勒出了"桃花源"这样一个如诗如幻、幸福安乐的理想国,成为千百年来中国文人的梦境。

陶渊明和他的世外桃源

陶渊明的曾祖父陶侃,是东晋开国元勋,军功卓著,官至大司马,都督八州军事,曾以主帅身份平定苏峻之乱。晋成帝司马衍称其"经德蕴哲,谋猷弘远。作籓于外,八州肃清;勤王于内,皇家以宁",大大肯定了陶侃救皇室于危难的功绩。陶渊明的祖父陶茂、父亲陶逸都做过太守,但到了陶渊明时,家道中落,陶渊明的生活变得潦倒贫困,《晋书·陶潜传》中称其:

少怀高尚，博学善属文，颖脱不羁，任真自得，为乡邻之所贵。

可见少年陶渊明就心怀高远，博学善文，但也有一些洒脱不羁。少年时，他仍然想着英雄报国，建功立业，少年雄心在这首诗里可见一端：

忆我少壮时，无乐自欣豫。猛志逸四海，骞翮思远翥。

意思是说，想起我少年的时候，即使遇不到快乐的事情，我的内心也会欣然、放松。我曾有凌厉的志向，梦想自己能像大鹏一样，飞越四海，展翅远翔。

后来，他为了养家糊口，来到彭泽县当县令。这年冬天，浔阳郡派遣督邮来巡查，大家都知道这个督邮非常凶狠贪婪，远近闻名，经常以巡视为名索要贿赂，谁不给就陷害谁。他一到彭泽旅舍，就差县吏去叫县令。陶渊明迫不得已，只好立刻出发，本就满心愤懑，不料县吏却还对他说："参见督邮要穿官服，并且束上大带，不然督邮可能要乘机大做文章……"陶渊明忍无可忍，说出了那句流传千古的话：

吾不能为五斗米折腰。

于是他不久就解印而去，向着他心爱的田园出发了。他在《归去来兮辞》中这样描述此刻的心情：

归去来兮，田园将芜胡不归？既自以心为形役，奚惆怅而独悲？

悟已往之不谏，知来者之可追。实迷途其未远，觉今是而昨非。舟遥遥以轻飏，风飘飘而吹衣。问征夫以前路，恨晨光之熹微。

我家的田园就要荒芜了，我为什么还不回去呢？我的心神被形体所役使，为了养家糊口，违背本意出来做了这么久的官。以前的事情就让它过去吧，所幸我迷途未远，未来的日子还可以挽回……在归家的思绪面前，小舟轻快无比，习习秋风，也让人沉醉。

我们来看看我们这位可爱又伟大的大诗人，在归园田居后过的怎样的生活呢？

三径就荒，松菊犹存。携幼入室，有酒盈樽。引壶觞以自酌，眄庭柯以怡颜。倚南窗以寄傲，审容膝之易安。园日涉以成趣，门虽设而常关。

院子里的小径快要荒芜，松菊还在。带着幼儿们进到屋里，满上一樽酒。端起酒自斟自饮，看着院里的树木就会觉得愉快；倚着南窗，心中的傲气得到满足……

他继续写道：

云无心以出岫，鸟倦飞而知还。景翳翳以将入，抚孤松而盘桓……木欣欣以向荣，泉涓涓而始流。

这种与云、鸟、树、泉的近距离接触，融入到大自然的生活，着实让人心驰神往。

当然，或许因为土地贫瘠，或许因为贪恋自然的美景而忽视了庄稼，他时常遭受贫困饥寒，但他似乎并不以为意：

贫居依稼穑，戮力东林隈。不言春作苦，常恐负所怀。

司田眷有秋，寄声与我谐。饥者欢初饱，束带候鸣鸡。

"虽然长期挨饿，但是吃一顿饱食，就能让我欣然"，陶渊明的豁达可窥一斑。这种安贫乐道的性格，在他的《五柳先生传》中也有流露：

闲静少言，不慕荣利。好读书，不求甚解；每有会意，便欣然忘食。性嗜酒，家贫不能常得。亲旧知其如此，或置酒而招之。

五柳先生喜爱安静，不爱说话，不羡慕荣华。喜欢读书，却不求甚解。每当有所领会，就欣然忘了吃饭。喜欢饮酒，却因为家里贫穷常常买不到，亲戚朋友知道他这种情况，经常摆好酒菜请他去吃。世人都知道他的"五柳先生"其实就是他自己。

环堵萧然，不蔽风日；短褐穿结，箪瓢屡空，晏如也。

居室里空荡简陋，遮挡不住寒风和烈日，粗布短衣上打满补丁，饭筐子、饮水瓢经常是空空如也，可是他还是安然自得。

而，这一切，都还不是他终极的理想。

陶渊明理想的田园生活是安然和乐、平等自由的，他把这种田园生活的最高境界寄托在他的名篇《桃花源记》中，其中前半部分

把桃源的美都展现了出来,美得令人窒息,让人陶醉,就像一个梦境。请允许我把这段话摘录出来:

> 晋太元中,武陵人捕鱼为业。缘溪行,忘路之远近。忽逢桃花林,夹岸数百步,中无杂树,芳草鲜美,落英缤纷。渔人甚异之,复前行,欲穷其林。
>
> 林尽水源,便得一山,山有小口,仿佛若有光。便舍船,从口入。初极狭,才通人。复行数十步,豁然开朗。土地平旷,屋舍俨然,有良田、美池、桑竹之属。阡陌交通,鸡犬相闻。其中往来种作,男女衣着,悉如外人。黄发垂髫,并怡然自乐。

说是,东晋太元年间,有个武陵人靠捕鱼为生,一天,他顺着溪水而行,忘了走了有多远,忽然遇到一片桃花林,生长在溪水两岸,长约数百步。其中没有别的树,花草鲜美,落英缤纷。渔夫十分诧异,继续前行,准备走到林子的尽头。

桃林的尽头是溪水的发源地,有一座小山,山上有个小小的洞口,里面仿佛有些光亮。于是他下船从洞口进去。一开始洞口很窄,只能容许一个人通过,又往前走了数十步,突然变得开阔明亮。一片平坦宽广的土地呈现在眼前。一排排房舍非常整齐,还有肥沃的田地、美丽的池塘、桑树、竹林之类。田间小道交错相通,到处可以听到鸡鸣和狗叫的声音。人们在田野里往来种作,男男女女的穿戴和桃花源外的世界完全一样,老人和小孩都安宁愉快,怡然自得。

真是太美了。一千多年后的我宁愿相信这不是一个梦,而是真实的故事。美得让我们不忍心去打扰。在这里,没有皇帝,没有神仙,却人人胜似皇帝,赛过神仙。千百年来,那些被世俗桎梏的灵魂,有谁不愿意远离尘世,到这样一个地方,安度自己的余生呢?

可是,真正的桃花源没人能够找到,或许它真的只是一个梦。可是,孜孜以求的古人们也有了自己的办法——既然找不到桃花源,那索性不找了。我们自己造吧!

中华园林的魂魄就此诞生,千古文人隐士们那个夹杂着赤诚与幻想的梦,牵引着一代又一代的中国人。

——每个人都应该有属于自己的桃花源。

中国园林中的诗情、画意、哲思

中国园林有着悠久的历史,在世界园林中独有风格。中国古典园林由山水、建筑、花草等有机组合,形成一个综合艺术品,诗情优雅,画意盎然。北宋年间,绘画理论家黄休复认为画可分四格,即"逸""神""妙""能",其实园林也有不同的层次。

园林的直接作用就是供人观赏、游憩。从这个角度说,自然景物则是最理想的对象了。真山真水、真楼真亭、真船真舫固然可爱,然而有的远在万里,有的只能暂栖却不能久居,有的甚至连见一见都难。造园便可以弥补这些不足。如能构思巧妙，甚至更巧夺天工、青出于蓝。越是"假"的东西，就越容易激发人对"真"的联想，这一想，就打破了时间和空间的局限。

上海豫园中有座黄石大假山，一定能令人联想到黄山、泰山、华山等名岳奇峰；苏州拙政园中的池水，一定能使人联想到太湖、西湖；狮子林中的奇石，甚至能让人联想到坐着的、躺着的、滚绣球的狮子……边游玩，边联想，让想象的翅膀带我们去更多的地方——或许，推广了我们的视线；或许，牵动了我们的情思。

凭栏远眺、临风眺望之时，拙政园中那条临水长廊，一定能唤起江南游子们无限的乡愁；临河品茗、月白风清之夜，网师园中的"濯缨水问"，像极了水镇的市肆茶馆。上海豫园中的"亦舫"，苏州治园中的"画舫斋"，广东顺德清晖园中的"船亭"，南京煦园中的"不系舟"，北京颐和园中的"石舫"，是一艘艘巨舸，搭载着无限繁华，又如一叶叶小舟，摇曳着游子的梦。

中国园林驰名海内外，不仅仅靠了优美的风景，更是依托了蕴藏其中的悠久的中华历史和辉煌灿烂的中华文化。历史的积淀，让中华园林意趣盎然，有如婀娜舞女，长袖翩然，从历史和文化的雾霭中走来，蒙其养育，受其熏陶，带给今天的我们以诗情画意般的感受。

诗的意境，是中国传统园林的艺术之菁。拙政园中有个留听阁，一到秋来，荷残叶枯，秋雨萧瑟，正是李义山诗"秋阴不散霜飞晚，留得残荷听雨声"里的意境。拙政园中还有一处小庭院"海棠春坞"，院中植海棠数株，其意境取自东坡的《海棠》诗："东风袅袅泛崇光，香雾空蒙月转廊。只恐夜深花睡去，故燃高烛照红妆。"园中又植梅，冬日里凌寒独开，不禁令人想起林逋的名句："疏影横斜水清浅，暗香浮动月黄昏。"上海豫园中有座"卷雨楼"，其名出自王勃《滕王阁序》中的"画栋朝飞南浦云，珠帘暮卷西山雨"。登楼远眺，群山入目，画栋雕梁，让人重温当年滕王的富足和气派。

说到"画意"，中国园林，尤其是苏州的园林，就更是当仁不让了。苏州有许多园子，都是出自画家之手——如拙政园，经王心一、文徵明点拨，藏有许多画意；狮子林有倪云林的匠心，网师园中有张大千兄弟的身影，都是画意悠悠。

不过，说到"画意"，怡园最是个中的典范。此园虽然很小，但追求精致，珠玉珍贝，小巧玲珑。一入怡园，在粉墙衬托之下，有花卉、单石之属，就像一幅写意画。园中之景多为短景、特写，花草湖石，玲珑剔透，妙趣横生。一路游去，听琴室、拜石轩、王延亭、锁绿轩、小沧浪、面壁亭等等，更像是一幅幅小册页。整个园子，就像是一幅"花卉图谱"。

无论是诗情还是画意，都是园林以自己的语言，表述着构园者的情思，也形成了园子们自己的格调。

园林的空间艺术，更隐含着许多哲学思想。中国哲学观认为，"虚"乃是哲学的最高境界，《老子》中说，"至虚极，守静笃"。《庄子》中说，"正则静，静则明，明则虚"。水是"无"，是虚，应该置于中央；建筑、山石、林木是"有"，是实，应该置于周围。所以，中国传统园林多以水池为中心来构园。苏州的网师园、留园、狮子林、怡园，无锡的寄畅园，扬州的寄啸山庄，吴江同里的退思园等，都是以一个水池为中心，旁置山石、林木、建筑等。

《老子》中说"上善若水"。中国园林之水，主张静水，水越静止越美，水静则明，可见到水下之物、水中之鱼、水上之影。以一"无"之体，包含万有。

中华园林讲究"虽由人设，宛自天开"。园林虽然并不能说是真的自然，但是体现出了人心目中的自然，体现了人们以"天人合一"为追求的美妙哲思。比如说——树，最好"取其自然，顺其自然"，保持着它们的本来姿态，讲究松有松样，柳有柳姿。山、石、水、池，也都尽量就着其自然的形态和曲线，高低错落，虚虚实实。

当你再次徜徉于古人留给我们的园林艺术珍品，对着周围的一山一水、一花一树、一栏一桥、一窗一阁，甚至一几一凳、一叶一草之时，希望你能少驻逗思，与远在几百年前的艺术家隔空相望，与自己的内心默默相对，在诗情的美妙与画意的盎然中，体会中国文化的深邃哲学。这样，或许才不会辜负了眼前的美景。

中国古典园林与中国古典文学

中国古典园林与古典文学之间的相互渗透、相互影响,由来已久。历代许多大诗人都曾以描写园林的文章、诗篇而名著史册。陶渊明、谢灵运、王维、范成大等更是开创了"山水田园诗派";再比如标志中国古典文学成就高峰的《红楼梦》,也与大观园的园林艺术有着水乳交融的关系。可见,中国古典园林与古典文学间的关联,是个有趣又有意义的话题。

首先,中国古典文学和古典园林所追求的美,在内在本质上是相通的。

孔子所说的"郁郁乎文哉"中的"文",并不单纯指文学艺术上的美。《文心雕龙》开篇的第一句话就是"文之为德也大矣",也是说"文"乃宇宙间一切美好和崇高事物的共同标准。

在"文"这个共同源头的影响之下,包括文学、园林等在内的各类艺术都竭力使自己更具文华之美,同时借鉴吸收一切其他艺术领域中的相关成就。

再者,中国古典文学和园林在内容上是相互包容、相互渗透的。文学家对于文学境界的悉心揣摩和艺术表现,经常是与他们的园林审美密切结合在一起的。

比如,唐代诗人钱起在步入园林时,不仅得到了美的享受,还获得了诗歌创作上的灵感:胜景不易遇,入门神顿清。房房占山色,处处分泉声。诗思竹间得,道心松下生。

宋代诗人晁补之说得更直接:"诗须山水与逢迎。"

蜿蜒曲折的田园景致,也能激起诗人心中的无限沟壑,成就出无数感人的名篇名句——李商隐的"重帏深下莫愁堂,卧后清宵细细长""小苑华池烂漫通,后门前槛思无穷",李后主的"寂寞梧桐深院锁清秋""手卷珠帘上玉钩,依前春恨锁重楼",晏几道的"烟柳长堤知几曲,一曲一魂消"等等,都是唯美的例子。

最后,也是最重要的一点,文学中塑造的意象,在更高的维度上,对后世的文学和园林、建筑设计产生了深远的影响。

中华民族是最重视文字和文学的民族,音乐家、艺术家在古代往往被认为是下等的,建筑师更是被称为"匠人",画家勉勉强强受到了主流社会的认可,但是文学家从古至今都是最上层人士。中国传统文学中创造的很多意象,对后世都有十分重要的影响,甚至中国历代的读书人都是在前代的文学意象中活着。

陶渊明塑造的桃花源就是这样一个经典意象。它是每一个读书人心中、梦里都在苦苦追寻的圣地。《桃花源记》没有把桃花源的细节描写得很清楚,因此也给后世文人们留下了很大的想象空间,很多古代的文人、诗人、画家都在构建自己想象中的桃花源。

中国传统文学总不乏幽远、高雅,让人浮想联翩产生美好感受的文学意象,它们对中国建筑和园林的发展都有深远的影响。

每每吟起陶渊明的"采菊东篱下，悠然见南山"，就让人产生亲手在庭院里种植一片竹林的想法。很多读书人心中的理想庭院，也都有南山、竹篱的影子。

王羲之《兰亭集序》讲到流觞曲水，就是竹林里有一条小河，小河里摆上些酒杯随水漂流，坐在小河旁的人捡着酒杯喝酒。事实上，这个情形很难在现实中重现，但是有唐以来历代画家都把这个作为绘画的主题，更在很多园林的设计中努力追求。特别是宫廷园林中，有很多流杯亭，都是在附庸兰亭的风雅。文学作品中塑造的高雅境界，有特别的魔力，影响着后世的书画和园林设计。

马致远有句很出名的"小桥流水人家"，也勾起了不少园林设计者的诗意。诗句中的小桥是怎样的小桥，流水是怎样的流水，人家是怎样的人家，既没有形容词也没有动词，到底是怎样的意境，留有较大的想象空间。后世的园林设计者，就想着把这个空间"脑补"出来，比如乾隆皇帝在修皇家园林的时候，就想把"小桥流水人家"的意境塑造出来。

最后，中国在不同历史阶段的民族特点，既在文学作品中有所体现，也在园林建筑中折射出来。唐代中国文化鼎盛、经济富足，中国人的气魄也很大。唐诗能给人一种视野旷远、波澜壮阔的感觉。"千里""万里"等词汇经常遇到，如"长风万里送秋雁""万里悲秋常作客"等。诗人的想象力就像庄子《逍遥游》里的大鹏，有扶摇直上九万里的气派。不妨看看李白的《登新平楼》：

去国登兹楼，怀归伤暮秋。天长落日远，水净寒波流。

秦云起岭树，胡雁飞沙洲。苍苍几万里，目极令人愁。

诗人凭想象横飞沙洲，目极万里。

唐代的建筑也是气势恢宏。滕王阁"画栋朝飞南浦云，珠帘暮卷西山雨"的气魄必然让人印象深刻。

五代、宋以后的诗词常常写一些梧桐小院、古墙秋千。欧阳修的《蝶恋花》非常细致真切地表现出梧桐小院的曲折蜿蜒，是如何与审美者自有沟壑的心理活动相互契合、相互感通的：

庭院深深深几许，杨柳堆烟，帘幕无重数。玉勒雕鞍游冶处，楼高不见章台路。

雨横风狂三月暮，门掩黄昏，无计留春住。泪眼问花花不语，乱红飞过秋千去。

我们有理由相信，在未来的发展中，文学和园林文化还会像过去的千百年中一样，相得益彰，在彼此的辉煌中汲取营养，一起创造更大的辉煌。

第二节

半生功业隐山川

中国历史上有很多隐士。他们或醉情于山林，或隐身于闹市，甚至藏身于朝堂之上。他们有的久居尘世，厌倦了其中的蝇营狗苟和尔虞我诈；有的或许只是累了，想过"无丝竹之乱耳，无案牍之劳形"的生活；有的也许仅仅是出于对自然山水的喜爱。但是，他们都有一个共同的归宿，就是在自己喜爱的田园小院里过着融入自然、放飞灵魂的日子。

隐者的踪迹

在中国历史上，有这么一些人，他们或匿迹深林，与鸟兽为友，或远离闹市，与花草相伴。在俗世的尘嚣之外，在岁月的娴静之中，他们找到了安置灵魂的净土，或徜徉在绝无人迹的世外桃源，或闲步在曲径飞花的飘香小院。

他们被称为隐士。

中国的第一个隐士,应该算是许由了。五帝之一的尧是中国古代著名的君主,历代帝王孜孜以求要达到尧舜的境界。他听说许由是个清正的人,就派使者带着自己的帝玺请许由来接替自己当天子。许由对使者说:"我宁愿在山河间修身养性,优哉游哉。"不仅如此,他还跑到黄河边清洗自己的耳朵。别人问他:"你的耳朵有耳屎吗?"许由说:"没有,但是我听了肮脏的话。"

就是这样洒脱,就是这样任性,就是这样狂傲。

孔子在周游列国的时候,遇到了一个更"狂傲"的隐士。《论语》中记下了这一幕:

> 孔子适楚,楚狂接舆游其门曰:"凤兮凤兮,何德之衰?往者不可谏,来者犹可追!已而!已而!今之从政者殆而!"孔子下,欲与之言。趋而辟之,不得与之言。

"凤呀凤呀!你的德行怎么就衰退了呢?既往虽已不能挽回,未来却还能挽救。"孔子或许受到了触动,接舆却避而不见。

楚狂接舆成了后世隐士们的偶像。归隐山林的陶渊明写下的"悟已往之不谏,知来者之可追"就是在向这位先辈致敬。就连恃才傲物、"天子呼来不上船"的诗仙李白,也以接舆自况:

> 我本楚狂人,凤歌笑孔丘。

真正将隐士推到极致的,是庄子。

> 庄子钓于濮水。楚王使大夫二人往先焉。曰:"愿以境内累矣。"

先秦诸子谁不想实现自己心中的抱负？就算孔子也为谋求一位，而甘愿车行九州。面对颠沛而来、恭敬而立的两大夫，我们这位心如澄澈秋水、身如不系之舟的庄周先生，在自己的机会面前，又如何抉择呢？

庄子持竿不顾。

他只问了两大夫一个问题：

吾闻楚有神龟，死已三千岁矣。王以巾笥而藏之庙堂之上。此龟者，宁其死为留骨而贵乎？宁其生而曳尾于涂中乎？

楚国水田里的乌龟，它们是愿意到楚王那里，装在精致的竹箱里，盖在丝绸的巾饰下死呢，还是愿意拖着尾巴在泥水里自由自在地活着？

两大夫不假思索地回答说："宁愿拖着尾巴在泥水中活着。"

庄子曰："往矣，吾将曳尾于涂中。"

你们走吧。我也是这样想的。庄子曾经火热的心，已经冷了。有时候，美丽宁静的山水，真的能改变一个人。

庄子所在的春秋时代，还不是真正的乱世。这位千秋隐者，还能在楚地的山河中守护自己的岁月。到了魏晋时期，真正的乱世来了。

一位风姿伟岸、才情冠世的男子不幸生活在这个时代：

嵇康身长七尺八寸，风姿特秀。见者叹曰："萧萧肃肃，爽朗清举。"或云："肃肃如松下风，高而徐引。"山公曰："嵇叔夜之为人也，岩岩若孤松之独立；其醉也，傀俄若玉山之将崩。"

嵇康和他的朋友们在朝堂失志，隐退山林，本想在翠竹幽篁之中，继续着自己的诗酒岁月，可是仍然难逃时代的纷争。这位才貌出众，诗文绝冠，兼通音律的才子竟然被杀！

"竹林七贤"无法施展才华，而且时时担忧生命，于是从老庄哲学中去寻找精神寄托，用清谈、饮酒、佯狂等形式来排遣内心的苦闷。

(刘伶)常乘鹿车，携一壶酒，使人荷锸而随之，谓曰："死便埋我。"

就让我提着这壶酒，走到哪里，喝到哪里，死了就随尘土而去。

西晋王朝结束了三国纷争，中国的文人们以为大展宏图的机会来了。他们不知道，更大、更乱、更久的黑暗才刚刚开始。

由于内斗和外患，西晋王朝很快分崩离析。显贵士族和落魄文人们一起南渡过江，开始了几百年的江南偏安生活。王羲之们醉情于兰亭的流水曲觞，陶渊明们沉心在落英缤纷的桃源幽梦。

所谓"小隐隐于野，中隐隐于市，大隐隐于朝"不过是俗子们生硬的偏见。真正的隐士，要的并不是身躯的无所寻迹，而是内心的恬淡安宁，灵魂的自由自在。若得真自在，山野泉石之间的幽人，闹市小院中的闲者，谁又会在意彼此的大小呢？

独坐幽篁里，弹琴复长啸。深林人不知，明月来相照。

身为尚书右丞的王维，在终南山下建置了自己的辋川别业，从此山中画里，诗情禅意，曾经的功名事业又何曾成为他追求逍遥的累赘？

缺月挂疏桐，漏断人初静。谁见幽人独往来，缥缈孤鸿影。

惊起却回头，有恨无人省。拣尽寒枝不肯栖，寂寞沙洲冷。

苏东坡在朝堂上据理力争，宁折不弯，又何曾妨碍他在缺月疏桐、夜深漏断之时，做一只缥缈孤鸿？

"邦有道则见，无道则隐"是对隐士们多大的误会啊。国家的治乱、社会的贫富，都不能阻碍他们追求自我、向往自然、返璞归真的心境啊。

让我们闭上眼睛，想象在烟雨蒙蒙、山水绰约的江南，有一处幽静宁谧的小院，春暖鱼来，夏风吹荷，秋雨梧桐，冬梅映雪。古树苍影之中，你闲坐石凳，手执棋子，正与亲友对弈，一瓣桃花，经了墙垣，过了秋千，落在你的肩上。你是否也愿意放下身边的俗务，实实在在地去做个隐者呢？

辋川图上看春暮

三年枕上吴中路。遣黄犬、随君去。若到松江呼小渡。莫惊鸥鹭，四桥尽是，老子经行处。辋川图上看春暮。常记高人右丞句。作个归期天定许，春衫犹是，小蛮针线，曾湿西湖雨。

苏东坡用自己优美的笔触，为我们勾勒出一幅草长莺飞、江桥小渡、风弄春衫、西湖飘雨的江南景色。这首词中辋川图的作者就是本文的主角王维。

在中国古代文坛上，王维仪表不凡，诗画双绝。就连才高如斯的苏东坡都不得不称赞他是"高人右丞"，并且说他"味摩诘之诗，诗中有画；观摩诘之画，画中有诗"。

在陕西省蓝田县西南约二十公里处，山岭环抱，是一个山清水秀的天然山谷。这里原是诗人宋之问的庄园，后被王维买到，他立刻就被这秀丽、寂静的田园山水陶醉了。他加以整治规划，使之成为自己修身养性的处所，名之为"辋川别业"。辋川别业是中华历史上著名的庄园，也是唐代山水园林的代表。

王维特别喜欢自己的庄园，经常带着童仆到山中游赏山水，冥思哲理。在《山中与裴秀才迪书》中，他写道：

北涉玄灞，清月映郭；夜登华子冈，辋水沦涟，与月上下；寒山远火，明灭林外；深巷寒犬，吠声如豹；村墟夜舂，复与疏钟相间。此时独坐，僮仆静默，多思曩昔携手赋诗，步仄径、临清流也。

这份独坐清流，携手赋诗的雅致，是王维赋予辋川的，也是辋川回馈给王维的。后来，王维专门有诗写到了自己的这片终南山小园：

中岁颇好道，晚家南山陲。兴来每独往，胜事空自知。

> 行到水穷处,坐看云起时。偶然值林叟,谈笑无还期。

"行到水穷处,坐看云起时"也成了恬淡豁达的代名词。

王维喜参禅,他写的诗都充满了佛理意味,被后人称为"诗佛"。他还精通书、画、音乐等,尤擅长五绝,诗句多与山水田园有关。想必,这美丽的辋川,肯定赋予了王维很多创作上的灵感。

王维早年仕途顺利,多才多艺的他才二十岁就凭着诗歌才华和倜傥英姿引起皇族赞赏,并登第为官,官至给事中。

天宝十四年(755年),安史之乱爆发,王维本想追随唐玄宗一起逃到成都,但是没能跟上,被叛军俘虏了。他曾试图通过服泻药、装哑等方式拒绝安禄山的伪职,但是,柔弱的文人怎能抗得过暴戾的豺狼,最终他还是被迫任职。后来唐肃宗收复长安,曾任"伪职"的官员都成了朝野共弃的叛臣孽子,可怜的王维也在其列。但是因王维曾经写诗骂安禄山为"逆贼",朝廷并未追究他,并重新封他为尚书右丞,可是王维对这个污点却一直耿耿于怀,到了晚年更加淡泊名利。他最终辞官而去,在自己的终南山下的辋川默默终老。

在营建辋川别业时,王维寄情山水,在写实的同时,更加注重写意,创造了意境深远、简约朴素、留有余韵的园林形式。通过王维的刻意经营,辋川别业形成二十个景点,成为唐宋写意山水园林的代表作品。

别业中大部分以自然景观为主，如松岗、竹林、森林、花林、漆园、椒园、柳浪、石滩、槐路等。园中建筑颇为疏朗，除宅舍外，有文杏馆、临湖亭、竹里馆等。别业建成之后，王维与好友裴迪在此小住，悠游林泉，吟诗唱和，共写成四十首诗，集结为《辋川集》。每个景区或景点都有王维和裴迪唱和的两首诗。

王维在他的《辋川闲居》中这样刻画自己的田园生活：

寒山转苍翠，秋水日潺湲。倚杖柴门外，临风听暮蝉。
渡头馀落日，墟里上孤烟。复值接舆醉，狂歌五柳前。

他在闲居之余的遐思里，还不忘向自己的偶像"五柳先生"陶渊明致意。

不过，跟他的先辈陶渊明比起来，王维的"安静"更具有贵族气质。同时精通诗歌、书画、音乐和佛理的他，写出来的诗有一种独有的空灵气质。我们看：

人闲桂花落，夜静春山空。月出惊山鸟，时鸣春涧中。

一个"惊"字，把深夜静山全部激活了。这种动中有静、静中有动的手法，更是深藏禅机。山月当头，春野空旷，亭亭桂树，徐徐落花，月惊山鸟，音回空谷，多么宁静而幽美的春山月夜图。

王维精通绘画，园林造景特别重视"画意"。他还把辋川别业的天然风景亲自画成了一幅长卷《辋川图》，就是本文开篇苏东坡称赞的"辋川图上看春暮"。王维的辋川诗与辋川图有景有情,情景交融,平淡天真,生动形象,意境深远,表现了人与自然的和谐之美。他的画以闲逸的情致描写了舒适的田园生活和美丽可爱的山水,他的山水田园诗里把这份娴静幽雅体现到极致。

刘士麟在《文致》中说:"晁补之云右丞妙于诗,故画意有余。余谓右丞精于画,故诗态转工。"所说的就是王维的诗、画有相得益彰之妙。

园林启发人的诗画灵感,诗情画意又反过来影响造园构思,它所呈现的恬淡的田园风格和同一时期贵族庄园的富丽豪华形成鲜明对比。辋川别业当之无愧地成为山水诗、山水画与山水园林相结合的杰出典范。

第三节

是真名士风雅在

无论是在魏晋南北朝的乱世,还是隋唐大一统的盛世,以及又经战乱复归太平的明清,凡是胸有沟壑的名士雅人,心中无不装着一方清幽的净土。魏晋衣冠南渡后的乡愁,唐宋辉煌盛世的文化自信,以及明清时期文人对园林建造的热情,无一不是名士们心中无限风流的外显。

魏晋名士的乡愁

经历了东汉末年黄巾起义和三国混战近百年的战争荼毒之后,西晋王朝终于完成了大一统,可是仅仅三十多年后,又爆发了五胡乱华,北方少数民族与汉族之间发生了残酷的战争。内忧外患的西晋王朝终于不支,很快就分崩离析,优渥富足惯了的士族子弟在漂泊流离中衣冠南渡。从汉末到东晋这段岁月,成为了中国文坛一段特别的片段,成就了它独有的凄婉和悲美。

魏晋名士不仅为江南带去了别致的文化，更是为这片土地染上了浓浓的乡愁。

在这段中国历史上最黑暗、最混乱的时代，士大夫知识阶层也同样难以幸免，举目北望，山河沦陷，俯首沉思，乡愁乍起。

或许是壮志难酬，摧折了曾经的凌云壮志；或许是曾经的浮华生活，消磨了英雄子孙的斗意豪情；又或者流离失所、江湖漂泊让他们厌倦了无家可归的日子，想得一方净土安置自己的灵魂。老子清静无为、天人合一的主张，庄子浪漫遐思、逍遥优游的豁达，成为许多士人仿效的对象。

他们开始热衷于在山水间静思默想，清谈玄理，以无为隐逸为清高，著名的"竹林七贤"就是这类士人的代表。他们寄情山水，纵酒高歌，他们愤世嫉俗，豁然长啸。他们对自由的执着追求和不羁豪迈的言谈，影响了一代又一代的中国文人。不久之后，陶渊明的桃源一记，彻底激起了人们对安宁闲适的田园生活的向往。

晋室中衰，衣冠南渡的北方名士，突然被江南的秀丽风景所折服，他们向往自然、追求山林的审美理想迅速得到激发和满足，江南的文人园林开始蓬勃发展起来，出现了私家造园成风、名士爱园成癖的盛况。当时江南一带的城市中，园林荟萃，"虽重门八袭，高城万雉，莫不蓄壤开泉，仿佛林泽"。

名士们的园林不同于两汉包罗万象的帝王宫苑，也不同于贵戚富豪斗富炫耀的府第园林，它们更像是一个清谈读书、觞咏娱情的佳所，把主人的心境与自然相通，让名士们的生活与花草相接，与山水亲近，与风月相伴，与鱼虫为友。因此园中景色多自然而少人工，风格清新朴实。

另一方面，士人们又纷纷寻找近城靠镇、交通便捷的山水之地营建园林，像当时建康城外的钟山、栖霞山，以及浙东会稽诸山等，都拥集了不少名园。

最朴素的文人园林当推东晋陶渊明的田园居了。陶渊明也因而被尊为我国田园山水诗的鼻祖，可以说是华夏园林中文人村宅园林的创始人。我们来看看他的田园：

方宅十余亩，草屋八九间，榆柳荫后檐，桃李罗堂前。

方宅草屋，种几株榆树、柳树、桃树、李树，就是一方美好的天地了。

他还在小庭院的篱笆下种了许多菊花，闲时看看菊花，望望南山：

结庐在人境，而无车马喧。问君何能尔？心远地自偏。
采菊东篱下，悠然见南山。山气日夕佳，飞鸟相与还。
此中有真意，欲辨已忘言。

不知道这位志存高洁、情才满怀的田园才子，在远眺南山之时，会想到怎样的真意呢？

名士们的园林保持了古代村居园林朴实无华的清隽格调。即使是身居高位，修建园林也讲自然清雅，像会稽王司马道子的宅园，以竹树、山水的灵秀取胜；南朝宋戴颙在苏州的园林也因"聚石引水，植树开涧，少时繁密，有若自然"而闻名。

兰亭，位于浙江省绍兴市西南的兰渚山麓，相传在春秋时期，越王勾践曾在此种植兰草，汉朝时，这里曾是驿站，有供人休憩的亭子，因此叫做"兰亭"。东晋永和九年三月初三，王羲之、谢安、孙绰等社会名流携亲朋四十二人在此集会，曲水流觞、临风把酒，吟诗作赋。有人提议将当日所做的三十多首诗汇编成小集子，取名《兰亭宴集》。可是集子有了，却没有序，大家公推王羲之写一篇，这位书圣乘着酒兴，提笔挥毫，一气呵成，他写道：

群贤毕至，少长咸集。此地有崇山峻岭，茂林修竹，又有清流激湍，映带左右，引以为流觞曲水，列坐其次。虽无丝竹管弦之盛，一觞一咏，亦足以畅叙幽情。

名士们饮酒相会，吟唱啸咏的气氛也为这里的山川美景增添了一份人文气息，这份气息不仅流传后世，还随着这部脍炙人口的名篇，成为了千古佳话。这种诗酒文化，不仅成为文人们追求的风流韵事，更与园林美景结合，形成了"曲水流觞"的景观，成为后世园林永恒的题材。

王羲之的儿子王献之才华横溢，洒脱不羁，风流俊雅为一时之冠，书法造诣与其父并称"二王"，他也是爱园林成癖。当时，顾辟疆家有名园，是我国有文字记载的第一家苏州私家园林。王献之曾经顺道去拜访过：

> 王子敬（王献之）自会稽经吴，闻顾辟疆有名园。先不识主人，径往其家。值顾方集宾友酬燕，而王游历既毕，指麾好恶，傍若无人。顾勃然不堪曰："傲主人，非礼也；以贵骄人，非道也。失此二者，不足齿之伦耳！"便驱其左右出门。王独在舆上回转，顾望左右移时不至，然后令送著门外，怡然不屑。

王献之的洒脱不羁、顾辟疆的据理不让，一时传为佳话。

魏晋时期，很多著名的士族名门，如谢安、庾信、谢灵运等都有自己的园林。它们虽然风格各异，却都与自然融合，舒适宜人。

中国历史上这段混乱纷争的岁月，于当时的人们而言是何等的不幸，但对于今天的我们又是何等幸运。这段岁月，被衣冠名士们的乡愁浸染，又与他们的才华和风情糅合、酝酿，为后世留下了一段文化与园林双重唯美的绝佳盛宴。

唐宋名家的雅致

陶渊明激发了人们对田园生活的向往，魏晋名士们用自己的风流洒脱为后世的文人们编织了一个宁静舒适又自由潇洒的梦，这个梦穿越了诗酒飘香的魏晋、穿越了佛音袅袅的南北朝，被人们一直带到了隋唐盛世。

把这份田园之情表达到极致的，还是唐代刘禹锡的绝世名篇《陋室铭》：

山不在高，有仙则名。水不在深，有龙则灵。斯是陋室，惟吾德馨。苔痕上阶绿，草色入帘青。谈笑有鸿儒，往来无白丁。可以调素琴，阅金经。无丝竹之乱耳，无案牍之劳形。南阳诸葛庐，西蜀子云亭。孔子云：何陋之有？

庭院的简陋，却藏不住主人高尚的品格和高雅的性格。这成为了后世文人园林生活的基本基调。

白居易的庐山草堂就体现了他的这种情怀，他的《草堂记》这样写道：

（草堂）三间两柱，二室四牖，广袤丰杀，一称心力。洞北户，来阴风，防徂暑也。敞南甍，纳阳日，虞祁寒也。木斫而已，不加丹。墙圬而已，不加白。砌阶用石，幂窗用纸，竹帘纻帏，率称是焉。堂中设木榻四，素屏二，漆琴一张，儒、道、佛书各数卷……

草堂的格局简朴，冬暖夏凉，虽然不事雕琢，但是舒适宜居。这篇小记体现了这位著名诗人对自己草堂的精心布置和对田园生活的喜爱。

与白居易的草堂立意最相近的非北宋欧阳修的非非堂莫属：

> 予居洛之明年，既新厅事，有文纪于壁，又营其西偏作堂，户北向，植丛竹，辟其户于南，纳日月之光，设一几一榻，架书数百卷，朝夕居其中。以其静也，闭目澄闷，览今照古，思虑无所不至焉。

欧阳修是做大官的人，他不会建造寒酸的草堂，但其建造的草堂却在精神上与白居易的异曲同工。值得注意的是，他的藏书要丰富得多，可以在堂中读书、静坐、思考，好一番惬意的士人生活。

如果说隋唐盛世中，南北风物半分春色，洛阳的园林和江南的楼阁各有千秋、难分高下的话，那宋代之后，中国士族文化和园林情调的重心就彻底转移到了江南的蒙蒙细雨之中。

北宋朱长文甘为老农，在苏州建"乐圃"，又以"乐圃"自号。《乐圃记》中说，这座园子是为奉养老父亲而经营的，后来自己退休后也营居于此。关于其中的建筑，他说：

> 园中有堂三楹，堂旁有庑，所以宅亲党也。堂之南又为堂三程，命之曰邃经，所以讲论六艺也。邃经之东又有米廪，所以客岁储也。有鹤室，所以畜鹤也。有蒙斋，所以教童蒙也。

可见这位"老农"不仅在这里生活，还在这里教育后代。当然，还可以娱乐身心，园中"有琴台，台之西隅有咏斋"，是他抚琴、赋诗之处。园中亦有水流，汇而为池，"池上有亭曰墨池"，集百家妙迹，闲来把玩，妙趣无穷。池边又有"一亭曰笔溪，其清可以濯笔，溪旁有钓渚，其静可以垂纶"。

能在这样的院子里颐养天年,尽享天伦之乐,是多少文人雅客梦寐以求的逍遥。

说到北宋文人的情致,那自然少不了苏东坡。他曾经建了一座亭子,叫喜雨亭——"为亭于堂之北,而凿池其南,引流种木,以为休息之所"。他的弟弟苏辙更是有一篇《王氏清虚堂记》:

> 王君定国为堂于其居室之西,前有山石,环奇瑰淡之观,后有竹林,阴森冰雪之植,中置图史百物,名之曰清虚。日与其游,贤士大夫相从于其间,啸歌吟咏,举酒相属,油然不知日之既夕。凡游于其堂者,萧然如入山林高僧之居,而忘其京都尘土之乡也。

这段文字勾勒出了文人们一起饮酒吟唱,游山玩水的风流雅致。江南园林素来就是文人们驰游心目、放飞灵魂的绝佳场所。

到了南宋,文人们对田园的喜爱丝毫不因战事的频仍而有所衰减。朱熹在《归乐堂记》中写道:

> 登斯堂而览其胜概,其林壑之美,泉石之饶,足以供徒倚;馆宇之邃,启处之适,是以宁燕休;图史之富是以娱心目,而幽人逸士往来于东阡北陌者,足以析名理而商古今。

归乐堂成了主人退休后颐养身心的所在,园中的林壑、泉石、字画等等为幽人逸士们提供了别样的乐趣。

明代之后,园林渐渐变成为江南文人的生活环境,逐渐自官僚文人手中发展为商贾文人的居处,继而日渐普及。苏州著名的拙政园、网师园等田园,就是在这个时期如雨后春笋般发展起来。

这些美得令人窒息的园林,从侧面反映出渐渐富足的文人们对美好生活境遇的无限追求。

当你踏进一方山青水绿、葱郁别致的小院,你是否能像这些唐宋名家一样,生起一种对田园生活的向往和依恋呢?而这种对美好生活的追求和向往,又是否时时牵引着你的心?

明清文人的园林情结

南安太守杜宝有个女儿,名叫杜丽娘。丽娘芳龄二八,才貌出众,待字闺中。丽娘喜欢读书,当她读到《诗经·关雎》中"关关雎鸠,在河之洲。窈窕淑女,君子好逑"时,心里对姻缘之事产生了懵懂和憧憬。

有一年春天,杜宝下乡劝农。趁父亲外出,丽娘第一次游玩了后花园。从花园回来后,在昏昏睡梦中,见到一位书生手执柳枝前来示好,二人在牡丹亭畔幽会。春梦醒来后,书生不见了。

丽娘从此害起相思病,郁郁寡欢,逐渐消瘦,竟一病不起。临死之前,她要求母亲把她葬在花园的梅树下,同时嘱咐丫鬟春香将她的自画像藏在牡丹亭旁的太湖石下。

这时,金国军队进犯南宋,攻到淮扬一带。杜宝升任淮阳安抚使,他把女儿安葬在梅花观,就匆忙奉命去了淮扬。

原来,丽娘梦中的书生是岭南的贫寒书生柳梦梅。柳梦梅家道败落,决定离开家乡,到皇都临安求取功名。当他路过南安时,借住在梅花观中,在太湖石下无意捡到了杜丽娘的画像,发现这就是他以往在梦中见到的佳人。

刚好此时杜丽娘得到了阎王的准许,离开枉死城,她的魂魄来到梅花观,和柳梦梅再度幽会。柳梦梅得知她是鬼魂后并不害怕,还设法取得了灵药,掘开坟墓,让丽娘起死回生。二人一道去临安赴考,与杜宝夫妇相认,最终结为伉俪。

这则凄婉又美满的故事发生在美轮美奂的园林——牡丹亭,它的名字,也因此叫做《牡丹亭》,它的作者是著名的古典戏剧家汤显祖。在汤显祖的笔下,牡丹亭美得令人神往,描写牡丹亭的这段话,也成为千古佳句:

不到园林,怎知春色如许。原来姹紫嫣红开遍,似这般都付与断井颓垣。良辰美景奈何天,赏心乐事谁家院?

美丽的牡丹亭,是杜丽娘生命和爱情的起点。"良辰美景奈何天,赏心乐事谁家院"描写出了明朝官宦后花园的情致。

李渔,号笠翁,他自幼聪颖,有才子的美誉,在文学评论和戏剧创作方面,甚有建树,被誉为中国戏剧理论始祖。他在园林建造方面,也有独到的见解。在他的代表作《闲情偶寄》中的《居室部》

下有四个小节,分别为"房舍第一""窗栏第二""墙壁第三"和"联匾第四",分别详细地阐述了房舍的向背、途经、高下、出檐深浅,窗栏的制作、取景,墙壁的装潢和楹匾的制作和创新等。全篇突出"俭""简""奇",强调新颖有趣但又简约实用,是明清园林艺术方面不可多得的佳作。

同时,李渔还是园林学的实践家。在文人荟萃、虎踞龙盘的古都南京,李渔完成了他的杰作——蜚声古今中外的芥子园。该园依山傍水,一泓秋水环山而过,集山水、屋室、树林、花草于一园,结构严谨,取"芥子虽小,能纳须弥"之意。小小园庭经他的精心设计,变得别有情趣。院内的楹联也甚有意味,如书室联:"雨观瀑布晴观月,朝听鸣琴夜听歌。"月榭联:"有月即登台,无论春秋冬夏;是风皆入座,不分南北西东"等。

苏州人计成,号否道人,是明代著名造园家。他少年时代家境较好,曾广泛阅读经史子集,在诗词绘画方面也有较高素养,青年时代曾走南闯北,四方游历。

后来家道中衰,他本人也一生坎坷,最终没能考取功名。但他自幼受江南好风景的熏陶,喜欢山水和风景,将造园作为自己毕生的事业。

有一次,计成受邀参观别人堆叠的假山,觉得造型太假,主张应该按照真山的样子建造假山,并亲手主持了这座假山的改造。假山变得形象逼真,惟妙惟肖,他也因此闻名遐迩。

天启三年(1623年),计成应江西布政使吴玄之邀,在常州城东营建了东第园,这是计成建造的第一座江南私家园林。

建造过程中,计成提出"巧于因借,精在体宜"的原则,巧妙地因形借势,使其自然顺畅,形状适宜,大小得体,最终诗情画意,巧夺天工。

园子建成后,吴玄高兴地说:"从进园到出园,虽然只有四百来步,江南胜景却已尽收眼底了。"

计成在造园实践之余,整理了自己建造过程中的积累和思考,于崇祯七年(1634年)写成了中国最早和最系统的造园著作——《园冶》,被誉为世界造园学的开山之作。

文徵明是明朝著名的书画家,在建造苏州拙政园的过程中,起了重要的作用。他的曾孙文震宇不仅擅长诗文绘画,更善于园林设计。他的代表作《长物志》记载了许多与园林有关的事物,如室庐、花木、水石、禽鱼、蔬果五类,另有书画、几榻、器具、衣饰、舟车、位置、香茗七类也与园林有间接的关系。

《长物志》非常注重园林的玩赏,提出了"石令人古,水令人远,园林水石,最不可无"的造园思想,认为水、石是园林的骨架,叠山理水的原则是"要须回环峭拔,安插得宜""一峰则太华千寻,一勺则江湖万里"。

在明清造园家们的理论和实践下，明清园林如雨后春笋般涌现出了大量的经典之作，如拙政园、网师园、狮子林等，仍然为今天的我们提供着视觉和心灵的盛宴。

明清园林甚至深刻改变了人们的园林审美观念。明清园林家们留下了石求其奇、廊求其旋、水求其曲、路求其幽的理念，追求移步景异，四季更迭，每个空间和时间的切换都带给人崭新的感受。明清园林不仅色彩协调，注重与环境的融合，还讲究宽广包容的外延，追求天人合一的完美境界。

物情交融也是明清园林的设计理念。计成指出："物情所逼，目寄心期，似意在笔先。"要想获得最佳的观赏体验，园林必须能够唤起观赏者心底早已存在的情感。而如何做到这一点，无疑是园林构建师们的功力所在。

明清时代这些优秀的园林设计师就像明灯一样，永远指引着后辈们的设计之路。

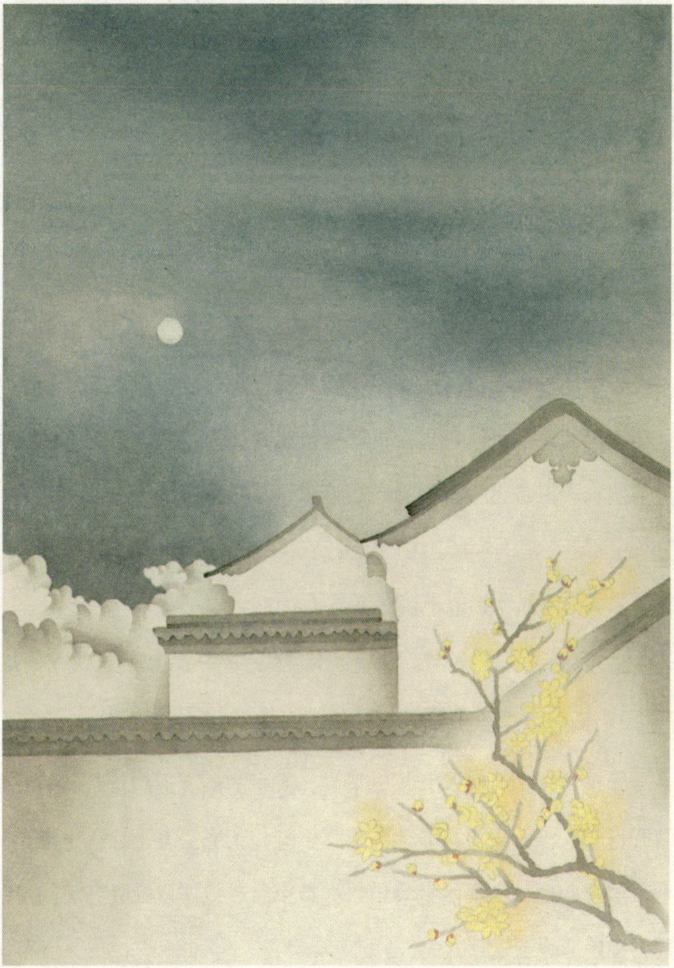

第四节

自古富贵长思闲

能够在恬静的园林中,健康幸福地过一辈子,这不只是植根于普通人心中的梦想,也是王侯将相们昼思夜想、孜孜以求的梦。不管是秦皇汉武,还是达官显贵,都在自己的能力范围内,对田园生活苦苦追求。只是,帝王们总是在追求自然之余,还极尽奢华,甚至想长生不老、清福永享。达官显贵们在院中掇山理水、造亭建阁、镌匾诗联、附庸风雅,似乎接地气多了。

秦皇的"一池三山"与汉武的"上林苑"

秦始皇统一了六国,君临天下后,人生的最高理想就是"向天再借五百年",希望自己能仙福永享、寿与天齐。方士徐福瞅准了老皇帝这个心理,在秦始皇泰山封禅结束后,他便以社会名流的身份觐见秦始皇。

徐福上书说:"东海中,有蓬莱、方丈和瀛洲三座仙山。山上的神仙有长生不老的仙药。臣愿意赴汤蹈火,为皇帝陛下求取仙药。"秦始皇听了龙颜大悦,给了他很多金银财宝,让他入海求仙。

没过多久,徐福真的回来了。他说自己见到了神仙,但是神仙嫌见面礼太少,不肯给长生不老药。需要漂亮的童男童女和更多的金银珠宝作为献礼,神仙才肯给药。秦始皇一心要得药,就派了五百名童男童女,载满大量金钱礼物,跟随徐福再次出海。

十年之后,秦始皇再次见到了徐福。这次徐福仍然没有找到仙药,他的解释是:本来就要拿到仙药了,可是海上有巨大的神鱼护卫仙山,让他望而却步、功败垂成。

于是秦始皇亲自带领勇士去海上与大鱼搏斗,最终杀死大鱼后兴冲冲回去了。可秦始皇终究没能等到神药,当他回咸阳的时候,走到沙丘,就病死了。他死之后,他的帝国很快在全国人民一致的讨伐中分崩离析。

没有了借口的徐福也进退维谷,骑虎难下。终于在公元前210年,他带着求仙船队浩浩荡荡漂洋过海,从此消失在虚无缥缈之中,再未回到中原。

徐福求仙虽然失败了,但秦始皇追求神仙的奢望却也被点燃了。于是他借助修建园林来满足自己的欲望。他在修建自己的宫殿"兰池宫"时,在园中挖了一池湖水,并在湖中央修建了三个小岛,象征传说中的三座神山。居住在这里,宛如居住在仙境。

这种"一池三山"的结构启发了后世的园林建造。受到这个启发，汉朝的开国皇帝刘邦在修建未央宫时，也曾在池中凿池筑岛。到了汉武帝刘彻修建建章宫时，这种结构被发挥到了极致。

建章宫背面挖了一个"太液池"，是一个非常宽广的人工湖。池中按照神山的名字，修筑了蓬莱、方丈、瀛洲三座小岛，表达了汉武帝与秦始皇一样追求长生不老的不切实际的愿望。

不过，汉武帝兴建的最负盛名的宫苑乃是上林苑。我们先来看西汉著名文学家司马相如写的《上林赋》中的一段话：

独不闻天子之上林乎？左苍梧，右西极。丹水更其南，紫渊径其北。终始灞浐，出入泾渭；酆镐潦潏，纡馀委蛇，经营乎其内。荡荡乎八川分流，相背而异态。东西南北，驰骛往来，出乎椒丘之阙，行乎洲淤之浦，经乎桂林之中，过乎泱漭之野……

从司马相如绚丽多姿的笔法中，就可以窥见上林苑的风貌。《上林赋》中这样的描写还有很多很多……

其实，上林苑的前身也是秦始皇修的，《史记·秦始皇本纪》记载：

徙天下富豪于咸阳十二万户。诸庙及章台、上林皆在渭南。

又记载：

乃作朝宫渭南上林苑中，先作前殿阿房。

可见，以宏大奢华名传千古的阿房宫竟然只是上林苑的前殿。对于上林苑的范围，《上林赋》中说是"分流相背而异态。东西南北，驰骛往来"。《羽猎赋》中记载道："武帝广开上林，东南至宜春、鼎湖、御宿、昆吾；旁南山，西至长杨、五柞；北绕黄山，滨渭而东。周袤数百里。"班固的《西都赋》中说上林苑"缭以周墙，四百余里"。据考证，以今天的标准看，上林苑大概占地2460平方公里，可以说是历史上最大的皇家园林。

上林苑中设苑门十二座，其外围以终南山北坡和九嵝山南坡、关中八条大河及附近天然湖泊为背景，有昆明池、影娥池、琳池、太液池等重要池苑。昆明池中置动物石雕，附近建置观、台等建筑。影娥池和琳池专供皇帝赏月玩水观景；太液池则在建章宫中，池中筑三岛模拟东海三山。

上林苑地势平坦，河湖纵横，群山矗立，巍峨壮观。有高耸入云的树木和森林，落英缤纷的珍奇花木，野藤奇草蔓生，水禽山兽匿迹。

华美的建筑、包罗万象的动植物或许让秦皇汉武们过了半生快活的日子，但是对他们的王朝来说，却不一定是好事。为了修建阿房宫、上林苑等奢华的皇家园林，多少底层百姓流离失所，苦于劳役，最终他们不堪重负，奋起抗争，把不可一世的秦王朝推翻了，汉武帝后期的穷奢极欲也导致帝国国力疲弱，他的子孙们再也不能继续他生前的武功,西汉王朝也在风雨飘摇中灭亡了。

今天,秦皇汉武的宫殿林苑已经尘封于泥土,或许在残垣断瓦中,可以窥见他们当初的文治武功和穷奢极欲。他们过度奢侈的生活方式是我们所反对的,但是他们留下的园林设计思想却仍可让我们汲取营养。

《红楼梦》中的园林梦

脍炙人口的小说《红楼梦》中有一座著名的园林,那就是无人不知的"大观园"。

"大观园"是因贾元春被选为贵妃,要回家省亲,才建设起来供省亲暂时驻留之用的。贵妃回家省亲,一辈子也就只有一次,而且只待几天,而园子空着无用,于是要宝玉等孩子们搬进去住。就有了这一园子的故事。

"大观园"是由一位老明公号山子野者负责筹划,"堆山凿池,起楼竖阁,种竹栽花,一应点景等事",由贾赦、贾珍、贾琏、赖大、来升、林之孝、吴新登、詹光、程日兴等些人,"安插摆布"而完成的。

园子建好了,还必须要有题咏,可是若先题好了,等贵妃来时,就没有机会题了。若不先题好,贵妃来时又觉无趣:

偌大景致若干亭榭无字标题,也觉寥落无趣,任有花柳山水,也断不能生色。

于是贾政他们决定先题一些临时的,等贵妃来了再请定名。

我们顺着贾政游园的路线来看看这座大观园,自大门开始看:

> 只见正门五间,上面桶瓦泥鳅脊;那门栏窗榍皆是细雕新鲜花样,并无朱粉涂饰;一色水磨群墙,下面白石台阶,凿成西番草花样;左右一望皆雪白粉墙,下面虎皮石随势砌去,果然不落富丽俗套。

这座园子的大门是灰砖、灰瓦、白壁、原木,非常淡雅。有装饰与雕凿,也是创新的花样,"不落富丽俗套"。

进门之后,就见到一带翠嶂,也就是一座假山。假山的意义在于可免于提前泄露园中情趣。"白石峻嶒,或为鬼怪,或为怪兽,纵横拱立,上面苔藓成斑,薜萝掩映;其中微露羊肠小径",这又好像是桃花源的入口。

从这条小径过去,又是另一番景象了:

> 进入石洞来,只见佳木茏葱,奇花烂灼,一带清流,从花木深处曲折泻于石隙之下。再进数步,渐向北边,平坦宽豁,两边飞楼插空,雕甍绣槛皆隐于山坳树杪之间。俯而视之,则清溪泻雪,石磴穿云,白石为栏,环抱池沿。石桥三港,兽面衔吐。

这一段豁然开朗的景色是主景,所以平坦宽阔,清流泻于其间,楼宇隐约,有若仙宫。

> 行不多远,则见崇阁巍峨,层楼高起,面面琳宫合抱,迢迢复道萦纡,青松拂檐,玉栏绕砌,金辉兽面,彩焕螭头。

除了这座主楼之外,"大观园"中都是以素雅取胜的设计,带有明显的江南园林的风格。

对于林黛玉的潇湘馆,文中的描写是"一带粉垣,里面数楹精舍,有百竿翠竹遮映"。到里面,是"曲折游廊,阶下石子墁成甬路","二三间房舍,一明两暗"。后院子里,"有大株梨花,兼着芭蕉"。竹子、梨花与芭蕉,都是略带悲愁的植物。竹子轻巧飘逸,颇有秀气,有管弦味,风来作响。梨花与芭蕉则让人想到雨、泪,体现了园林与文学的密切关系。

作者或许是嫌灵气不够,又于"后院墙下,开一隙清泉",流入院内,然后"绕阶缠屋,到前院盘旋竹下而出",灵秀幽雅。

后面是李纨的稻香村。稻香村在一青山的后面,与其他区域隔开:

> 转过山怀中,隐隐露出一带黄泥筑就矮墙,墙头皆用稻茎掩护。里面的房子不过数楹茅屋,纸窗、木榻,完全没有富贵气象。

院子里面的植物有"百株杏花,如喷火蒸霞一般",院外都是些桑、榆、槿、柘之属。这些树木的外面,用"各色树稚新条,随其曲折,编就两溜青篱。篱外山坡之下有一土井,旁有桔槔辘轳之属"。再向外是田野——"分畦列亩,佳蔬菜花,漫然无际"。

这是一种农村的想象,在有限的园子里是不容易做到的,反映了中国传统田园诗人的观念。

过了稻香村，是盘旋曲折的各种花园，到了水帘洞，沿河川而行，"水上荷花愈多，其水愈清，溶溶荡荡，曲折萦纡。池边两行垂桃，杂着桃杏，遮天蔽日，真无一些尘土"。这一路行来，真有到了桃花源的意味了。

于是，到了宝钗住的蘅芜院。蘅芜院与宝钗的性格一样，稳重清雅，水磨砖之瓦舍，远看上去并没有特色。但进入院子，中央一个大玲珑山石屏风，长满了异香的蔓藤，让人耳目一新。自两边的起手游廊走到正屋里，可见屋子是五间清厦，连着卷棚，四面出廊，绿窗油壁，其清雅之感，出人意料。

贾宝玉居住的"怡红院"，是贾政游园的最后一处。自外面看，"穿过一层竹篱花障编就的月洞门，俄见粉墙环护，绿柳周垂"。两边是游廊，中央是几块山石，一边种几本芭蕉，另边种西府海棠，室内则全是精心设计的槅架，隔成迷宫，又加些玻璃墙。怡红院回廊上鸟笼中有各色仙禽异鸟，至于建筑，则是小小"五间抱厦，一色雕镂新鲜花样"。

大观园中这五座建筑代表了中国园林中的四个不同的典型——正殿所代表的豪华楼阁式园林、怡红院所代表的富贵型堂院式园林、潇湘馆与蘅芜院所代表的清幽型的斋馆式园林，与稻香村所代表的朴质无华的田舍式园林，这是社会自上而下的一个纵断面；帝王、贵族、士、庶民的居住环境的统合。这种包容性与多样性是中国文化性格的反映。

有人认为大观园是根据恭王府花园所写，有人认为是根据江宁织造府花园所写。可是，恭王府花园太呆板，江宁织造府花园太简单。真正的"大观园"或许是不曾存在的，它只是作者想象力的发挥。

就是这座不曾存在过的园林，却一直鲜活地存在于中国人心中。不仅是因为宝玉与黛玉凄美的爱情故事，也是因为作者心中自有沟壑，描绘出了中国文人心目中理想园林的模样。它是江南园林发展了五百年之后的总结，是一个虚幻的、包容的梦境，为全体中国人所共享。

人们甚至把这种情结带到了现实中。全国各地有很多模仿大观园而建造的园林。其中最著名的莫过于北京的大观园了。这座园林是1984年因拍摄电视剧《红楼梦》的需要而建，随后即对游人开放。它融合了近当代很多红学家的研究成果，将人们对红楼梦的喜爱通过实实在在的楼阁山水投射到了现实世界中。

其实对红楼梦还原度最高的，还要数上海的大观园。它利用了江南水乡的特点，布置了大量的人工湖泊，整个园林的层次感很强。

南京大观园的前身是清代的江宁织造局，是文学巨匠曹雪芹出生的地方，其独有的历史厚重感每年也吸引了大量的游人。

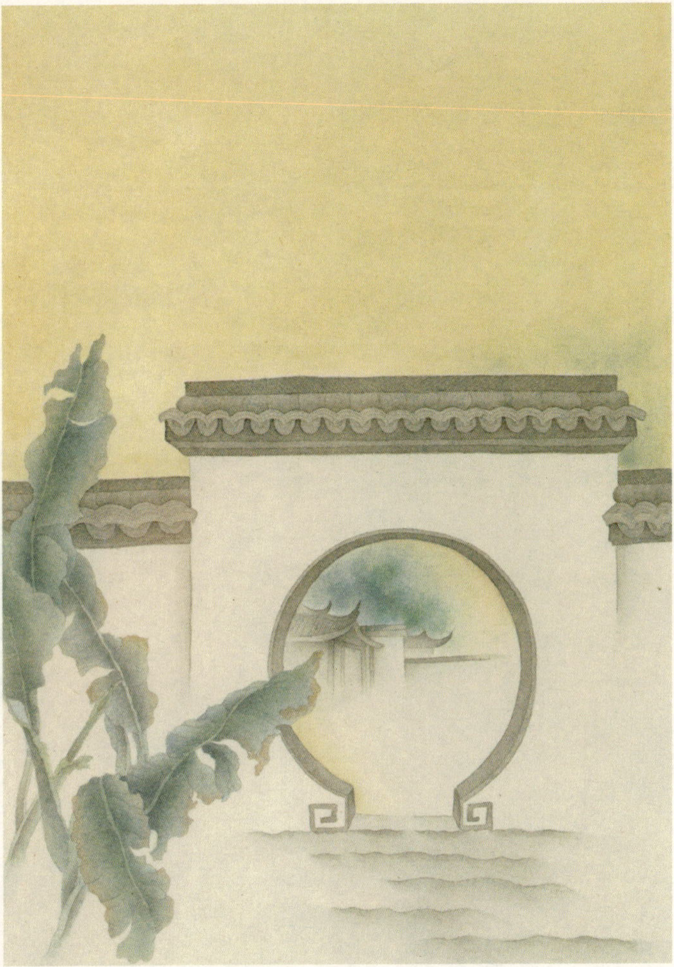

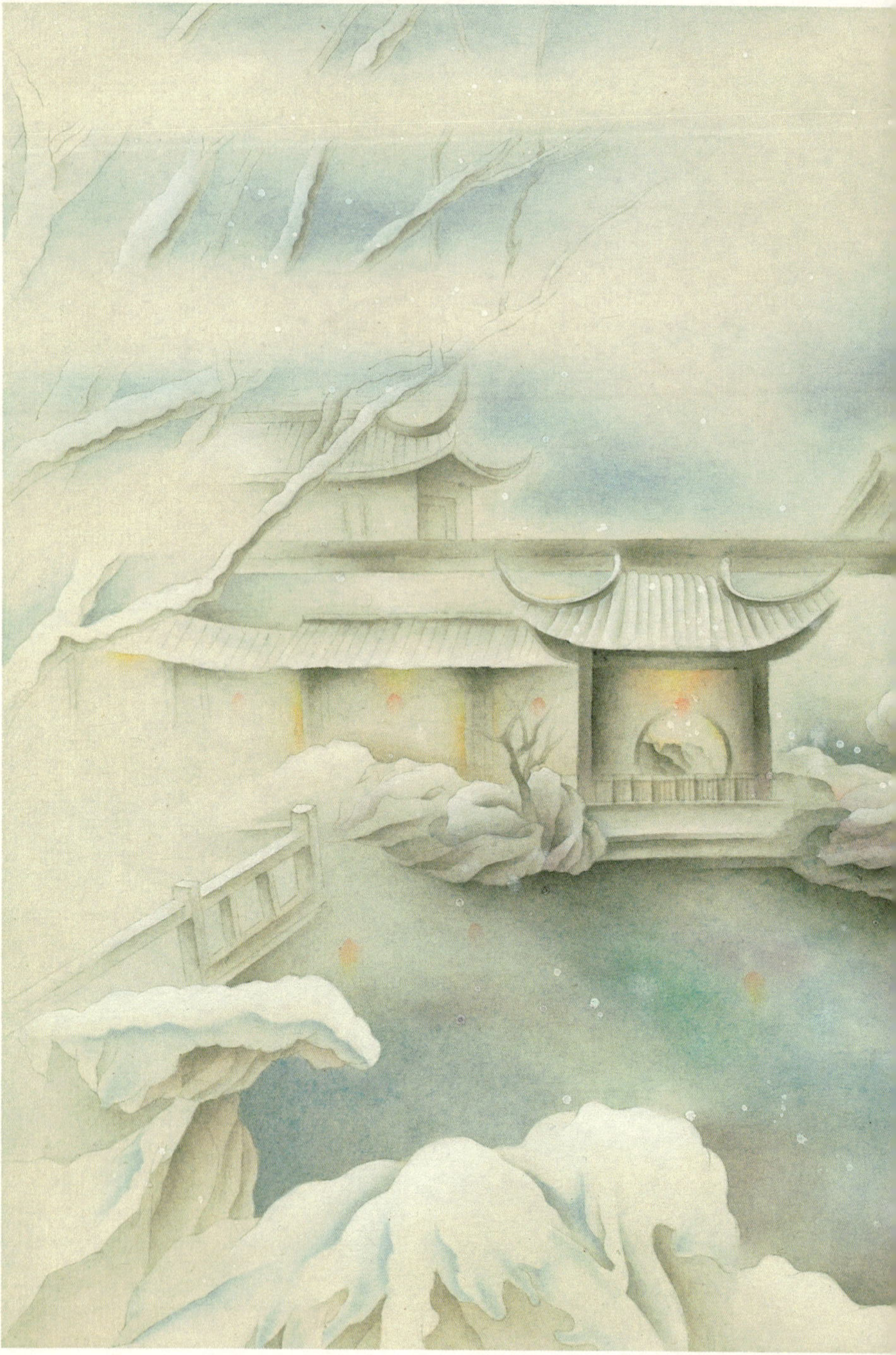

雅

第一节

修园一似谋佳篇

建造一座园子，并不是简简单单把假山、池塘、亭台楼榭随便安置就可以了，在选址和造景上有很多讲究。例如，怎样做才能让园中各个构建的布局符合中国传统山水学说的要求，把这古老的东方智慧合理地服务于今天的我们。又例如，宅门、天井、小院怎样布置，才能更舒适宜居，又符合中华文化和礼序要求。这些既包含了造园者的苦心，也流露出中华文化的精髓。从这个角度说，建造一所宅院，就像精心谋划一篇美文佳篇。

选址有讲究

中华传统文化中，住宅的选址都是有讲究的，甚至形成了自成体系的"堪舆学"。自从现代科学的春风吹到中华大地，国民的科学素质逐渐提高，"堪舆"就被人们尤其是受过现代教育的年轻人所抛弃。

事实上，可以认为堪舆已经是中华传统文化的一部分，深深地融入了我们民族文化的血液，也不仅仅是迷信不迷信这么简单了。一个合格的中国建筑师和园林设计者，必须对堪舆有足够的认识，才能满足人们的需求。

现代科学没有为堪舆提供足够的论据，但这并不是说堪舆不可能有科学上的基础。今天我们仍然不能找到针灸的"科学依据"，但却不可否认其灵验。古人云："知之为知之，不知为不知。"或许我们的科学还没有发展到足以深入了解针灸和堪舆的程度。对未知怀着一丝敬畏和不自大、不排斥的雅量，也是现代人应有的素养。"子不语怪、力、乱、神"是中国传统文化的基本人文精神。

是否接纳堪舆观念，是具有一定的主观性的。历来的文人名士对堪舆有不同的看法。

有些人是反对堪舆的。尤其是战国时代的儒家学者们，他们亲眼目睹过占卜等被滥用，生民因之涂炭。荀子曾指出，天下的治乱与天象毫无关系，因为禹时的天象与桀的时候相同。韩非子甚至把"用时日、事鬼神、信卜筮、好祭祀"看作是国家要衰亡的征兆。汉代的王充在《论衡》中也对风水之术从常识上提出了批判。

唐宋以来，一直都有学者对堪舆提出批判。明代的项乔写过一篇《风水辩》，对风水大加批评。他认为命运的好坏自有其道理，与风水并没有必然的联系，一切都是偶然而已。

也有赞同堪舆的。孔子研究《易》，就有延续远古卜筮传统的意思，所以自古以来，儒家是并不反对占卜的。汉代时，儒者更是接纳了阴阳家的学说，在观念上接受了风水，相宅之术也流行起来。周公、孔子的古训成为后世的达官贵人理直气壮地支持堪舆的依据。明代很多堪舆著作也常常提及"周公有洛邑之营，夫子有宅兆之训"。

董仲舒在《春秋繁露》中认为，凡物都有去异趋同的属性。"气同则会，声比则应"，就像琴弦一样，相同的声音可以互相激发而鸣。今天我们知道这是物理上的共振现象，但是中国古代认为宇宙是个有机的整体，很多相互作用即使没有因果关系，也会产生神秘的共鸣。他进一步指出：

非独阴阳之气可以类进退也。虽不祥祸福所丛生，亦由是也。无非已先起之，而物以类应之，而动之者。

也就是说，不仅万物阴阳之气相类相生，祸福的产生也有相同的道理。这种论断为后来晋代的郭璞写《葬书》提供了理论依据。《葬书》在宋明时代大行其道，甚至在儒家拥有重要地位的程颐都说：

卜其宅兆者，卜其地之美恶也，地之美则神灵安，子孙盛；若培植其根而枝叶茂。

朱熹也说：

……使其（先祖）形体全而神灵得安，则其子孙盛而祭祀不绝。

朱熹不仅从理论上支持堪舆，而且身体力行，用具体行动支持堪舆。朱熹自己安葬父母的时候，就为了寻找好坟地而煞费苦心。他甚至为了宋孝宗山陵之地的选取直接向皇帝上书，并因此丢了官。

经过朱熹的接受和宣传，后世反对堪舆的人就很少了。不少学者认为"秉礼以葬亲，本仁以厚德，明理以择术。"堪舆成为一种多功能、一举多得的行为，甚至有不少正面的意义了。

大多数中国古代知识分子，其实并不是坚定的支持堪舆或者反对堪舆，他们采取的是一种"姑妄听之"的态度。他们知道在他们认知范围能力之外的事情太多了，不能证实，也不一定意味着就必须要反对。

正是因为中国知识分子具有这样的包容性，才吸纳了很多外来的思想。连孔子对于"怪、力、乱、神"等，都只是不加理会、不予追究而已，并没有反对。儒家思想本身的兼容并蓄，也为风水学说在中国的发展提供了土壤。

时代发展到今天，我们很难说堪舆中的吉凶论断能有多么令人信服。但是，把它当成是中华传统文化中的思想习惯与行为模式，亦未尝不可。近些年来，人们从万事万物追求所谓"科学依据"的理性时代，慢慢进入了追求内心感受的"感性时代"，就连西方科学也已经放低傲慢的姿态，不再视古老"落后"的文化为迷信。相反的，有些西方人开始相信针灸、相信堪舆。

居住的环境,与我们的生活无时无刻不息息相关,住宅的选取本来就应该谨慎用心,我们何不把堪舆看成是中华民族一种古老的经验之谈,在它能发挥作用的范围内,让自己过得更舒心,有更好的心理体验呢?

门的门道

门是中国古代建筑中最重要的一个组成部分,它不仅是人们出入的通道,而且是建筑等级的象征,昭示着地位、财富、文化与品格。中国传统的巷道讲究曲折有致,有匠心的设计者会通过不同门的形态搭配,来丰富巷道的体验。

门是一个庭院的脸面,自古以来成为人们赞美和歌咏的对象。

南唐词人冯延巳的"春到青门柳色黄,一梢红杏出低墙"把春天来到人间的景况形象地比拟为春姑娘翩翩地来到大自然芳草青青的门槛,想象新奇、美丽而又贴切。

"花径未曾缘客扫,蓬门今始为君开",老友来了,即使是久隐不出的我,也要打扫花径,亲自出门迎接你。

"欲黄昏,雨打梨花深闭门",一道院门,隔断的不只是风景,更是守在风景内外的人。

即使院门深闭,生命是关不住的,你看——"春色满园关不住,一枝红杏出墙来"；大自然的灵动也是关不住的——"那堪更被明月，隔墙送过秋千影"。

门的种类有很多，大体上常见的有以下几类：

将军门：将军门是官宦大户的宅门，在呆板厚重中透露出威严与凝重。将军门在古时是有权人家用的。将军门的门槛很高，威武庄严、身价不凡。

在传统建筑中，将军门并不多见，一般民居没有资格配置，是旧时南方官宦大家的宅门。通常用于官府、王府、会馆公所这些高等级的建筑。将军门平时不开，显得高深莫测。遇到重大节日或重要人物来访，紧闭的将军门才开启迎客。

洞门：中国园林的园墙常设洞门，明代造园大师计成在《园冶》一书中称洞门为"门空"，是我国古建筑中一种形制特别的门，其作用不仅引导游览、沟通空间，本身又成为园林中的装饰。洞门与园中景色互为映衬，是许多园林中不可或缺的装饰。

在苏州园林中，洞门亦常见，洞门的边框多采用灰青色方砖镶砌，与白色墙面、灰色瓦顶、建筑物上栗褐色门窗共同形成素净柔和、娴静淡雅的苏州园林色调风格。苏州园林往往在洞门、景窗后面放置湖石，栽植丛竹、芭蕉之类，恰似一幅幅别致的图画。

月洞门又称圆洞门，古雅宁静，是典型的明清建筑风格，一般作为建筑群的入口，在苏州园林中最为常见。圆形门模仿圆月而筑，是月亮崇拜的物化，给人以饱满、活泼和平衡感。中国人喜欢满月，满月在整个循环周期中代表完整或完美，因此人们总是把满月与团圆联系在一起。佛教中的满月也是美好和安详的象征。月华如水，更符合中国人的诗意情结。

垂花门：垂花门是古代汉族民居建筑院落内部的门，是一道很讲究的门，它是内宅与外宅的分界线和唯一通道。

垂花门的门上檐柱不落地，而是悬于中柱穿枋上，柱上刻有花瓣莲叶等华丽的木雕，以仰面莲花和花簇头为多，因此称为"垂花门"。因垂花门的位置在整座宅院的中轴线上，界分内外，建筑华丽，所以，垂花门是全宅中最为醒目的地方。

旧时人们常说的"大门不出，二门不迈"，"二门"即指垂花门。垂花门从外看，像一座华丽的砖木结构门楼；从院内看，则似一座亭榭式的方形小屋。七姑八姨在此寒暄行礼，殷殷话别，上有遮阳挡雨的屋顶，触目是婉约秀美的砖木雕饰，气氛再合适不过。

垂花门在古时候常用于书香门第、才华横溢的人家。

随墙门：一所院落通常都拥有独立的围墙。为了方便院落之间的通行，会在院墙上开设随墙门。随墙门在古时是无官的有钱人用的，讲究低调不露财。

八角门：八角为圆形与方形组合演变而成。中国人崇尚"八"，四象生八卦——八卦代表着自然宇宙的种种属性，佛教有九山八海，道教有八仙过海等,"八"与"发"谐音,有发财之意。

石库门:是一种用石条围束门的建筑,本叫"石箍门",宁波人发"箍"如"库",上海的"石箍门"就讹作"石库门"了。石库门更接近于江南传统的二层楼的三合院或四合院形式,基本保持了中国传统住宅对外较为封闭的特征,虽身居闹市,但关起门来却可以别有天地,自成一统。

又有不少与门有关的物件。比如门墩、门扣、门簪等。

门墩,又称门座、抱鼓石,是四合院大门底部起支撑门框门轴作用的石质构件,整体称为门枕石。门外部分称为门墩。门墩形式多样,不同形式对应不同的身份,如抱鼓形门墩对应武官,箱子形门墩对应高级文官。成语"门当户对"的"门当"指的就是它。

门扣即门环,由底座及衔环构成,钉在两扇门靠近门缝处,既有装饰作用,又有开关大门和叩门的实用价值。当然,在帝制时代,门环的使用也是有等级规定的。

门簪安在正门的中槛上方。这种大门上方的出头,略似妇女头上的发簪,少则两枚,通常四枚。外形上一般有圆形、六角形等,俗称"户对"。门簪正面饰以花纹或吉祥文字,如春兰、夏荷、秋菊、冬梅、福禄寿德、天下太平等。

门当(门墩)和户对(门簪)作为四合院正门的两个构件,有"门当"的宅院一般也有"户对",这才符合中国均衡和谐的美学原理。

有了门,还要有门楼,才显得立体、有层次。过去,门楼代表了户主的身份,是中国封建社会等级观念的表现之一,更是家族文化思想的象征。

门楼配上砖雕,那才叫绝。

砖雕门楼源于苏州地区。它是安定环境、发达经济、优良文风和精巧建筑技艺的集中体现。位于苏州吴中区的东山明善堂是现存最古老、最精美、保存完整的砖细门楼,包括它的两侧塞墙雕刻,堪称精华独一了。

这些砖雕门楼上都刻有寓意深远、造型生动、工艺精湛的图案,且有醒目题词。这些题词,往往寄托了主人的思想理念、人生追求、治家宗旨等,可以说,某种程度上是主人的家训或家风。

如民国元老张静江故居的"世守西铭""有容乃大",近代儒商名士张石铭旧居的"世德作求""蓝田毓秀",近代著名书画收藏家庞莱臣的"世泽遗安""厚德载福",民国北派画坛领军人物金家的"永建乃家""心地芝兰",上海新世界主人邱家的"唯适之安"等,字里行间无不闪烁着主人对家庭和后代的企盼、祝愿及训导、警示。

一道院墙、一道门,把院里院外,隔成两个世界,在欧阳修眼里,这种分隔有特殊的魅力:

庭院深深深几许,杨柳堆烟,帘幕无重数。玉勒雕鞍游冶处,楼高不见章台路。

雨横风狂三月暮,门掩黄昏,无计留春住。泪眼问花花不语,乱红飞过秋千去。

天井里的世界

天井,意为"天空之井",是汉族对宅院中房与房之间或房与围墙之间所围成的露天空地的称谓,因面积较小,光线为高屋围堵显得较暗,状如深井,故名。

我国著名建筑专家林徽因女士说过:"中国古建筑最生动、殊于世界各国的是木斗拱,若要对各种类型的江南民居作个对比的话,最生动、最令人惊叹的要数天井了。"

天井的存在不仅完善了建筑中的通风、采光、安防的功能,而且在建筑中显天露地,起到天地合一的作用,使天、地、建筑在空间中融为一体,也体现了中国传统文化中天人合一的哲学思想。《相宅经纂》卷三《天井》中说:"凡第宅内厅外厅,皆以天井为明堂、财禄之所……""天井"和"财禄"息息相关。

江南民居是中国传统民居建筑的重要组成部分,江浙水乡注重前街后河,但无论南方还是北方,传统民居的共同特点都是坐北朝南,注重采光;以木梁承重,以砖、石、土砌护墙;以堂屋为中心,以雕梁画栋和装饰屋顶、檐口见长。

江南民居普遍的平面布局方式和北方的四合院大致相同，只是一般布置紧凑，院落占地面积较小，以适应当地人口密度较高、要求少占农田的特点。这就对院落的空间利用提出了要求，天井的设计于是变得十分重要。

各地的民居都有特色。天井式样丰富、雕刻繁复、工艺精湛，从开口形状看，有方形的、有矩形的、有圆形的；从四面空间角度看，有围墙式的、有围屋式的。徽州地区在天井设计方面独具一格，成为该地区重要的文化遗产。其最重要的特色就是采用了"四水归堂"式的天井设计。

四水归堂式住宅的个体建筑以传统的"间"为基本单元，房屋开间多为奇数，一般三或五间。每间面阔3至4米，进深五檩到九檩，每檩1到1.5米。各单体建筑之间以廊相连，和院墙一起，围成封闭式院落。为了利于通风，多在院墙上开漏窗，房屋也前后开窗。这类适应地形地势，充分利用空间，布置灵活，体型美观、合理使用材料的住宅，表现出清新活泼的面貌。

进院正房常为大厅，院子略开阔，厅多敞口，与天井内外连通。一般坐北朝南的为正房，为长辈的居所；东西两侧常配有厢房，为儿子儿媳的住房；南边的房子为门楼。礼序感油然而生，大户人家的牌面不仅是园林的移步异景，整个宅落的空间与秩序更是不可缺少的一部分。

北面的正房多为楼房,天井更深,但更小些。屋顶铺小青瓦,室内多以石板铺地,以适合江南温湿的气候。江南水乡住宅往往是临水而建,前门通巷,后门临水,每家自有码头,供洗濯、汲水和上下船之用。

雨季,屋顶内侧坡的雨水从四面流入天井中,这就是"四水归堂"名称的来源,寓意水聚天心,天降雨露、财气聚拢。可谓"四季财源滚滚,四面八方来运",也寄托着家人团圆的美好愿望。

"因花结屋,驻日月于壶中"正是四水归堂的意境的真切写照。吴冠中作品《我负丹青》中的《双燕》,色调素雅明净,四水归堂的白墙、灰瓦、绿色竹木,倒映在宅边水中,呈现出柔和幽静的环境氛围。寥寥几笔将四水归堂的建筑,淡雅的风姿、清灵的体态,展现得淋漓尽致。

四水归堂独特的设计被许多专家形象地称为"会呼吸的房子"。既利于采光,同时高墙遮住了直射的阳光,把热浪挡在墙外,冷空气从地面进入,暖空气在空中跑掉,自动调节了气温。

家中有园,是每个现代都市人的梦想。大自然能给我们一种直透心灵的慰藉,呼唤人们内心深处对它的亲昵。四水归堂的建筑风格,把宅院设计得就像一个小小的"花园"。

庭院深深深几许

杰出的建筑是工程与艺术的完美结合，也是不同时代和地域的人对空间、环境、生活和精神需求的体现。领略中国建筑的风采，就好像翻开一部鲜活的史书，透过一砖一石一瓦，看到思想的凝聚和情感的传递。如果说山水园林是江南民居和水乡风情的代表，那四合院就是北方传统文化和生活气息的代名词了。

四合院，顾名思义，"四"就是东西南北四个方向，"合"就是合拢、围合，"院"就是庭院。四个方向的房屋把一个庭院围合在中间。中国传统建筑，特别是住宅，单个房屋基本上都是长方形的，但由此组合出来的建筑群却可以千变万化。其中的四合院就是中国传统建筑群体最基本的组合，也是中国传统住宅建筑的最主要形式。

全国各地都能找到具有四合院特征的建筑，其中以北京四合院最典型。七百多年前的元朝把都城建在大都，也就是今天的北京。元大都的规划方式，就是把各个四合院住宅进行统一的归置，住宅与住宅间形成的交通空间，就是"胡同"。到了明清，四合院住宅不断发展完善，北京的住宅就有了"北京四合院"这个专有名词。

今人李宣章曾写过一首叫做《四合院》的诗：

一片片土瓦

远古牵线

将淳朴凝聚

睦邻亲情融合

欢声笑语

在老屋檐缠绵

虽然低矮

难同现代比肩

但温暖而清新的

泥土气息

能将人心拉近

远离孤独

美梦常留心间

四合院的建筑有一套固定的规格：背面称正房，坐北朝南。东西称厢房，南门称倒座房。中间是院子，整体由抄手游廊贯通。

四合院的入口就是正门，又叫街门或者宅门。中国堪舆学有所谓"紫气东来"之说，祥瑞的事物都来自东南方，所以四合院的正门大都修筑在整个园子的东南角。依照主人身份地位的不同，正门有王府大门、广亮大门、金柱大门、蛮子门、如意门、随墙门等几种不同的样式。

最高等级的四合院用王府大门，有五间三开和三间一开两种规格。封建时代，王府大门的规格、装饰与院落主人的身份地位直接相关，屋顶有绿色琉璃瓦，屋脊可安吻兽。王府大门前一般有一对雌雄石狮子，分立大门两旁，以壮威势。王府大门位于住宅院的中轴线上，而不像其他样式的门开在院落的东南位。

广亮大门的等级仅次于王府大门，一般为高品级官员使用。广亮大门一般开在倒座房东端第二间的位置，其主要特征是门扇设在中柱之间，这样就把门房分为前后均等的两半，门外有半间房的空间，可立门卫把守，进深从外观上看起来较深。

等级再低一点的是金柱大门，也是具有一定品级的官宦之家采用的宅门形式。它的门扇设在金柱之间，也就是说，较广亮大门，门扇位置往前挪了一根梁柱的距离，因而金柱大门门前空间不如广亮大门那样宽敞。

等级再低一点，就是蛮子门，多为富有家庭采用。蛮子门的门扇位于前檐柱之间，门前没有容身空间，所以不如广亮大门、金柱大门气派。

如意门是一种非常接地气的四合院正门，多为一般百姓所用，在前檐柱间砌墙，墙中间留门洞，安装门框、门槛、门扇以及抱鼓石等构件。可以随意进行装饰，既可精雕细琢，也可朴实无华，视主人喜好或财力而定。如意门口上面的两个门簪，常刻"如意"二字，寓"吉祥如意"之意，这大概就是它得名的由来。

随墙门是四合院等级最低的正门。常见的是小门楼的形式，就是把门洞上方院墙抬高，上加牌楼式屋顶，顶上讲究做一些比较朴素的砖雕装饰。

进了门以后，多数还有影壁。影壁的作用一是遮挡，二是装饰，美化进出宅门时的视觉感受。与让人把院内的事物一览无余比起来，进行一些遮挡，既符合隐私的需求，也符合中国人的审美观念。影壁上经常有雕饰精美的砖雕和镶刻在上面的吉词颂语。四合院的影壁依照它所在的位置分为外影壁、内影壁、正门东西两侧的八字影壁等。

最出名的影壁可能是故宫和北海公园的九龙壁了。九龙壁是中国古代建筑的特色，建在帝王宫殿或者王府的正门对面，是权力的象征，做工十分精美，艺术和历史价值很高。在中国，九是极数，意为天子，九龙壁是影壁的一种，用为屏障。普通的富贵人家，虽然不能用九龙壁，但是精美的画壁也能为院子增色不少。

四合院最南边的那排房子，又称倒座房。倒座房南侧邻着胡同，一般不开南窗，采光不好，因此通常用作客房或用人住房。二进以上的四合院，倒座房和正门、北侧的垂花门和游廊围成四合院的前院。前院是主人迎送宾客的场所，通常垂花门之后才是四合院主人起居生活的区域。

四合院中常常还有抄手游廊。所谓抄手，就是手形成环抱的形状，是中国传统古建筑中常用的走廊形式。四合院中，多用于将垂花门和东西厢房及正房衔接起来，一般进垂花门后先向两侧，再向前延伸，到下一个门之前又从两侧回到中间，沿着院落的外缘布置。抄手游廊是开敞式空间，既可供行走，又可休憩小坐、观赏院内景致。

四合院正房的两侧还各加盖一间进深、高度偏小的房间，如同挂在正房两侧的两只耳朵，称为耳房。有时东西厢房也有耳房。耳房常用作书房、库房、厨房，或供晚辈居住等。

四合院的中间是庭院，四面房门都开向庭院，在庭院中植树栽花、饲鸟养鱼、叠石造景，既可以拉近人与人之间的距离，又可以拉近人与天地自然的距离。

正房是家族中辈分最大的人居住的房间，一般是一家之主居住。按照典型的三代同堂来说，爷爷奶奶住在正房，叔辈中年长的住东厢房，年幼的住西厢房。如果有用人的话，男用人住倒座房，女用人住后罩房。这就是四合院的典型住法。

后罩房是四合院中正房后面和正房平行的一排房屋，在四合院中最后一进的院子里，与正房朝向一致，坐北朝南，但开间较小，其间数一般和倒座房相同。又因为位置比较隐秘，一般是未出嫁的女儿和女佣的居住之地。

现如今，老四合院越来越少了。但是四合院代表的文化观念和生活方式却不曾远去。

晚秋雨稠暮檐轻

杜牧在《阿房宫赋》中写阿房宫"廊腰缦回，檐牙高啄；各抱地势，钩心斗角"，尽显这座秦汉宫殿的富丽奢华；辛弃疾的清平乐小词中写道："茅檐低小，溪上青青草。醉里吴音相媚好，白发谁家翁媪？"虽然是简陋朴素的茅檐，却也别具乡村野居的韵致。

中国的屋顶，在世界建筑中是独树一帜的，是中国建筑不同于别的建筑体系最显著的标志和特征。

在中国组群建筑整体形象的丰富性中，"屋顶"起着非常重要的作用。不同的屋顶在造型上各具特色：庑殿顶庄重而舒展、歇山顶华丽而雄飞、悬山顶素朴而轻快、硬山顶俨然而朴实、攒尖顶高而飞扬。

庑殿顶是最早用在宫室上的屋顶形式，《周礼·考工记》中称为"四阿重屋"，是指这种屋的顶为四坡顶。宋代叫"五脊殿"，是说这种四坡屋顶的脊有五个。庑殿顶分单檐和重檐，重檐庑殿顶一般用于皇宫、庙宇中最主要的大殿，是清代所有殿顶中最高等级。

歇山顶的等级仅次于庑殿顶。它由正脊、四条垂脊和四条戗脊组成，故称"九脊殿"。《清式营造则例》解释称："歇山是悬山与庑殿合成。垂脊的上半，由正吻到垂兽间的结构，与悬山完全相同，由博风到仙人，兽前兽后的分配同庑殿一样。"歇山顶是在人字顶的周围加上一圈围廊所形成的，也分单檐和重檐两种。

硬山顶屋面与山墙平齐的两坡顶建筑，各种柱檩都不出山墙，即所谓"封山下檐"：两侧山墙从下到上把檩头全部封住，皇宫中两庑殿房以此顶为多。山墙大多用砖石承重墙并高出屋面，墙头有各种形式。北方民居、徽派民居和岭南建筑大多为硬山顶。

悬山顶又叫"挑山"或"厦两头"，在规格上仅次于庑殿顶、歇山顶。其特点是木檩露出山墙外，即所谓"出梢"，悬山屋顶一直延伸到山墙外。硬山顶和悬山顶都是两坡顶的建筑，屋顶只有前后两个坡面，民居或厢房常用。

攒尖顶是屋顶集中在中间最高中心点的锥形顶建筑，其特点是无论几个坡面，最后"攒"在一起，四个方向屋面的坡面在顶部交汇于一处。屋面较陡，无正脊，数条垂脊交和于顶部，上再覆以宝顶。攒尖顶多用于面积不太大的建筑屋顶，如塔、亭、阁等，有方、圆、六角、八角等各种攒尖形式。

出于实用与美观的原因，中国的屋顶都是呈曲线的。为达到这一目的，中国人发明了很多独特的方法。如：

举架——使整个屋顶成微凹的曲面，《周礼·考工记》中说："上欲尊而宇欲卑，上尊而欲卑，则吐水疾而流远。"这是指建屋顶就如做车盖一样，上宜陡峭，下宜和缓的道理。形成这种曲线，是通过调整梁架和檩子的高度而形成，宋代称"举折"，清代称"举架"，江南工匠称"提栈"。

翼角——中国建筑不仅屋顶成微凹的曲面，屋角也像展翅膀飞翔的鸟，称翼角翘起。这是屋面的结构和美观的原因使然，屋顶曲面和翼角曲线相互协调。

出檐——早期的中国建筑多用板筑的土墙作维护，为防止雨雪的侵蚀，特将屋檐伸出很远，这叫出檐，伸出的屋檐还顺着屋顶曲线向上微微翘起，也便于室内采光。有的还借斗拱和檐柱在四周建有檐廊。

屋檐是古代文人的一片天，寄托了千百年来人们的情思。

屋檐下听雨，别有意趣——苏东坡写道："东风知我欲山行，吹断檐间积雨声。"唐朝诗人王建写道："半夜思家睡里愁，雨声落落屋檐头"。屋檐还可以装饰——白居易写道："大屋檐多装雁齿，小航船亦画龙头。"也常常有飞鸟光临——"乾鹊下屋檐，鸣噪不待晨""鸟鸣庭树上，日照屋檐时"。

小小的屋檐下，王安石的心境和胸怀是最开阔的：

茅檐长扫静无苔，花木成畦手自栽。一水护田将绿绕，两山排闼送青来。

自给自足的生活，自然开阔的视野，怡然自得的心境，永远是归园闲居者们心底的追求。

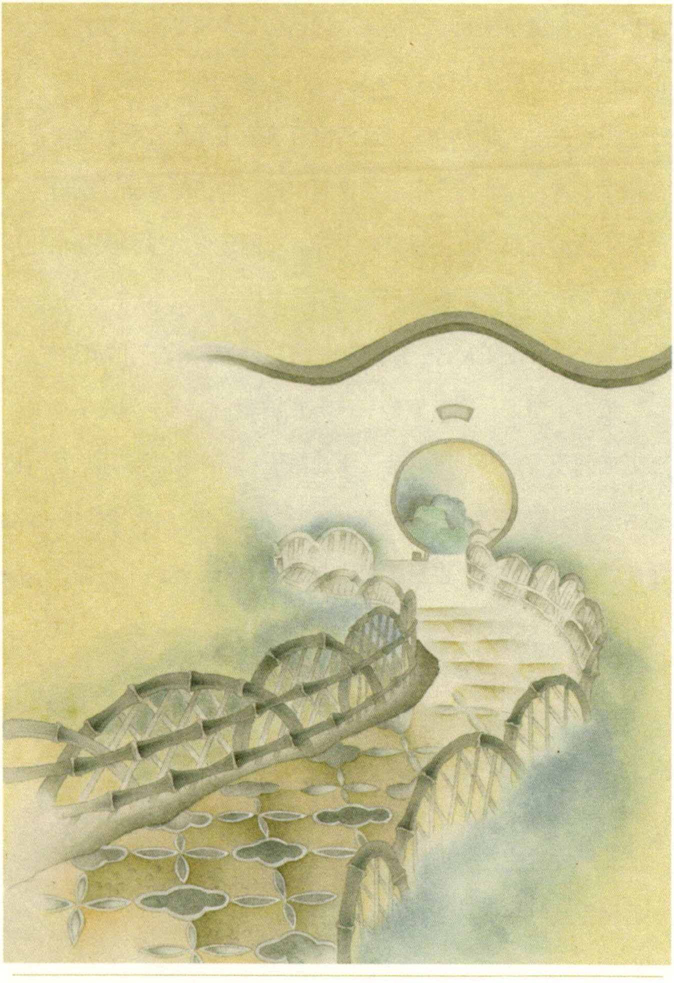

第二节

一砖一瓦总相关

光是讲究的设计、完美的造景,并不能成就一座好园子。追求完美的初心是每个造园师的信仰,深深地渗透到每一个细节之中。具体到每一块砖、每一片瓦、每一方木料,无不经过精挑细选,用心打磨,最终才成为这座院子的一个小小的构件。上等的建材,与毫不旁骛、一味求精的匠心融合在一起,在园子的每个角落淋漓尽致地被展现出来。

一砖一瓦一匠心

光有富丽堂皇的砖瓦,奢华美丽的木材,绚丽多姿的草木,并不能成就一个美丽的庭院。这些甚至都还不是最关键的,因为最可贵的是人的因素——一颗精益求精、戒浮戒躁的匠心。这一颗匠心成为整个园林的精神和思想所在,让整个作品有了灵魂。

瑞士手表之所以能享誉全球,是源于制表师对每一块手表、每一个零件、每一道工序都精心打磨、专心雕琢。在工匠们的眼里，只有对质量的精益求精、对制造的一丝不苟、对完美的孜孜追求。正是凭着这种凝神专一的工匠精神，瑞士手表得以畅销世界，成为经典。

其实，工匠精神并不是舶来品，我们中华民族的祖先历来就有重视匠心的传统。我国最著名也是最早的工匠应该是鲁班，他靠着自己对木匠的喜爱和对技术的追求，发明了锯等工具，成为后世木匠的鼻祖。

《庄子》中就有记载了一个"庖丁解牛"的故事。厨师给梁惠王宰牛，他的手所接触的地方、肩膀所倚靠的地方、脚所踩的地方、膝盖所顶的地方，都哗哗作响，进刀时豁豁而入，无一不和音律。

梁惠王问："你解牛的技术怎么竟会高超到这种程度呢？"

厨师回答说："臣凭精神和牛接触，而不用眼睛去看，依照牛体本来的结构，用很薄的刀刃，插入本就有空隙的骨节。十九年了，臣的刀刃还像从磨刀石上刚刚磨出来的一样锋利。"

厨师还说："每当碰到筋骨交错，很难下刀的地方，臣就小心翼翼地提高注意力，视力集中到一点，动作缓慢下来，动起刀来非常轻，霍啦一声，牛的骨和肉一下子就解开了。"

庖丁解牛的故事告诉我们，只要有一颗匠心在，就可以在平凡的事情上，做出不平凡的成就。这一点，在建筑和园林设计上，体现得尤为淋漓尽致。

欧阳修的《归田录》中记载了这样一件趣事：

开宝寺塔是由预浩住持修建的，它是开封最高、制作最精湛的佛塔。塔刚刚建成的时候，看起来似乎向西北方向微微倾斜，人们都感到很奇怪。预浩说："开封城地势平坦，没有山的阻挡，常年刮西北风，这样下去，塔撑不过一百年，应该还会变得更加倾斜。"

预浩如此精妙的匠心，不仅为人们留下了精美的建筑，也受到了后世的推崇和效法。

赵州桥是又一个体现建筑师匠心独运的绝佳例子。它又名安济桥，是隋大业年间由著名匠师李春主持建造的。桥长六十多米，跨径近四十米，是当今世界上跨径最大、建造最早的单孔敞肩型石拱桥，是世界造桥史的独创。

李春在赵州桥主拱桥的上边两端又各加设了二个小拱，一是可节省材料，二是减少桥身自重，而且能增加桥下河水的泄流量，可谓是匠心独运。正是因为建造者如此的良苦用心和精湛技术，我们才得以在一千四百多年后的今天一睹赵州桥的风采。

我国古代的著名园林都是建造师匠心良苦的结晶。没有王献臣和文徵明的匠心，就没有如今闻名遐迩的拙政园，没有刘恕的匠心，就没有美丽的苏州留园。

就拿扬州的个园来说吧。设计者使用了分峰用石的手法，运用形质各异的石料，"因地制宜"地堆叠出各具特色的假山。又用色态各殊的竹子搭配、布景，形成了"春景艳冶如笑、夏山苍翠如滴、秋山明净如妆、冬景惨淡如睡"的诗情画意。

不仅在古代如是，在生活水平更加富足的今天，人们对美好事物的追求更上层楼。一颗"匠心"，能让宅院更加动人、有情。

比如，砌瓦的时候，有一道小小的工序叫"戴帽"，就是将小青瓦一片片的贴在房上。别小看这个"戴帽"，每一片小青瓦得过三关，辨色、听声、看形，把不合适的瓦片淘汰掉，一车青瓦中，过关率往往不足半成。最后，工匠们严格遵照老祖宗留下的规范，亲手将青瓦一片一片贴上去，喷上特制的黑漆。正是因为工匠们的认真、严格，才让青瓦看起来苍古朴拙、富有美感。再比如，老戗与嫩戗间凹陷处，工匠们采用菱角木、扁担木等填成衔接自然的弧度，使屋面到戗尖，曲线优美、自然；做砖雕时，工匠们把青砖用糯米汁浸泡，以增加它们的柔韧性。

一处精美的院落，一定要遵循古法，才有历史的厚重感。斗拱、飞檐、花窗、栏杆、驳岸、凉亭……每一处细节都做到有典可循。这样做出来的小园，才有灵魂，让人百看不厌。

当我们徜徉于一所美丽的宅院，我们可以抚摸它那美丽的砖墙，仔细观看它铺路的纹理，甚至是每一片砖，每一片瓦，每一粒石子的位置和姿势，或许都凝结了当初建造工人们严谨认真、追求卓越的工匠之心。

千年"香山帮"

"一丘一壑自风流","无园不山,无园不水"的苏州园林在叶圣陶先生的眼中是:游览者无论站在哪个点上,眼前总是一幅完美的图画。

在江南水乡,除了流芳千古、片石勺水俱有情的苏州园林,还有一帮技艺非凡的园林建筑者——香山帮匠人。

从栋梁之美到意境之妙,从雕镂刻画到布局擘画,从亭台楼阁到厅堂屋舍,每一方设计与建造都透着精妙。徘徊园中,仿佛能看到一位位工匠大师穿越时空而来:他或许在堆砌着一砖一瓦,或许在取景画框,雕刻着漏窗纹样,用他们精湛的技艺向我们诉说着古时的江南。

苏州土地肥沃、山川秀丽,是著名的"鱼米之乡"。太湖沿岸多产岩石,林木茂盛,阳澄湖畔的细泥适宜烧制优质砖瓦,这些都为苏州园林的建成提供了得天独厚的建筑材料,也孕育了"香山帮"。

苏州的辉煌,最早可以追溯到春秋时期,吴王诸樊迁都姑苏,吴王阖闾在苏山建立姑苏台,台下辟百花洲、长洲苑,还开了通向吴都胥门的九曲路,又在石城山造了乐宫。但令人叹息的是,这些宫苑,都在勾践灭吴时,化为焦土。李白曾惋惜道:"姑苏成蔓草,麋鹿空悲吟。"

东晋衣冠南渡，中原文人雅士纷纷到江南定居，大兴土木，建宅造园，香山匠人最初在此时就渐渐崭露头角，成为了士族大夫们的座上客。

乱世过后是盛世。隋炀帝下令开凿京杭大运河，打通了南北两地的运输瓶颈。苏州在运河沿岸，于是村落渐多、人烟渐密。文人雅客纷至沓来，寄情山水。唐人杜荀鹤有《送人游吴》诗云：

君到姑苏见，人家皆枕河。故宫闲地少，水巷小桥多。

唐开元年间的杨惠之是苏州香山人，他的专长是雕塑。当时有"道子画、惠之塑，夺得僧繇神笔路"之说，也就是说吴道子的画和杨惠之的雕塑都得到了僧繇神笔的精髓。杨惠之的雕塑也因此与吴道子的画齐名，他也被称为"塑圣"。

传说杨惠之曾在长安为当时著名艺人留杯亭塑像，放置在长安城闹市街头，结果全城的百姓都纷纷跑过去一睹风采，可以说是万人空巷。

今天大家非常熟悉的千手观音的形象最早就是他雕塑出来的。他塑的佛像精妙传神，宋代的苏辙曾经专门写诗咏叹他的维摩塑像道："金粟如来瘦如腊，坐上文殊秋月圆。"

杨惠之可以算是香山帮手艺的辉煌典范了。

生于明洪武年间的蒯祥是吴县香山人，其家乡也就是今天的胥口镇，他或许是最出名的香山帮匠人了。

靖难之役后,朱棣迁都北京,从江苏招募了大批能工巧匠。蒯祥也被征召入京。他不仅木匠、泥匠、石匠、漆匠、竹匠五匠全能,还参与建造了天安门、午门、太和、中和、保和三大殿等一批重要的皇宫建筑。

皇宫内的殿阁楼榭,回廊曲宇,蒯祥竟毫不费力,顺手拈来。建成之后,皇帝龙颜大悦,夸赞蒯祥是"蒯鲁班"。蒯祥官至工部侍郎,成为天下百工之首。从此,"香山帮"名声大震,蒯祥也被称为"香山帮"的鼻祖。

明中叶以来,江南经济之富庶,冠于全国,苏式手工艺、苏州园林都呈一派欣欣向荣的景象。涌现出了"一径抱幽山,居然城市间"的沧浪亭、"亭、栏、台、榭,皆因水为势"的拙政园、"居士高踪何处寻,居然城市有山林"的狮子林、"石幢一尺桃花雨,便有红鱼跳绿萍"的怡园等等著名的园林,苏州园林迎来了她最辉煌的时代。

在今天我们仍然可以通过遗迹来窥探香山帮高超的技艺。

在虎丘风景区有一座断梁殿,它的正梁是两截断梁拼接的。有传说是工匠们错将做正梁的大木料锯成了两截,最后只能靠榫卯结合,不用一钉一铁拼接而成,且牢固坚韧,体现了香山人的高超技艺。

位于东大街万丽花园内的开元寺的无梁殿也是香山工匠的杰作,它是江苏省现存五座无梁殿中制作最精的一座,建于明万历年间。

以磨砖嵌缝纵横拱券结构，不用木构梁柱檩椽，故习称"无梁殿"。整座殿阁宏伟庄重，有"结构雄杰冠江南"之誉。

亲手铸就这些美轮美奂、名满天下的苏州园林的"香山帮"也开始蜚声南北，成为以吴中香山为中心，包括周边花墩、外塘、水桥、郁舍、舟山等诸多自然村能工巧匠的行业性集群性团队，并一直传承到今天。

香山帮依靠独门秘技立于江湖，糊口四方，在二千多年的历史长河中，香山帮营造技艺和文化传承就是通过工匠父带子、舅带甥、亲带亲、邻带邻等方式代代相传。没有这样的传承，也就没有香山帮独特的建筑工艺。

在历史的长河中，香山帮工匠营造兴衰亦如潮涨潮落，起起伏伏。在几个世纪的传承中，香山帮涌现了许多几代人薪火相传的匠人世家：

近代香山帮姚成祖编撰的《营造法原》被誉为"南方中国建筑的唯一宝典"。"苏派建筑宝典"改变了工匠技艺依赖手教口授的传统。

生于木作世家的陆耀祖，从小得到父亲陆文安亲授，在传统建筑的大木作、小木装修方面系统地得到继承。

生于匠人世家的薛林根，父亲是香山帮传人薛福鑫，亲手参与了苏州沧浪亭、怡园藕香榭、西园湖心亭、西园大雄宝殿的修复等。

可是今天,非遗瑰宝"香山帮传统建筑营造技艺"却面临着失传危机。鼎盛时期的"香山帮"工匠多达五千人。但现今"香山帮"只剩下老一辈的本土工匠仍在一线工作,由于传统匠人的工资收入偏低,年轻人很少愿意从事一线工作。

希望在国家和社会的持续支持下,"香山帮"能走出后继乏人的困难局面,继续为美丽的江南水乡添砖加瓦。

楼榭亭台各不同

楼榭亭台、珠帘轩阁,自古便是文人墨客钟情的灵魂圣地,更是中国古代诗词和古典园林中永不凋谢的花朵。亭台轩榭因了文士们的传世佳作而更加瞩目于世,骚客们借助游览亭台轩榭的感触而把感情抒发得酣畅淋漓。

楼是指两重以上的屋,故有"重层曰楼"之说。楼一般用作卧室、书房。

楼是主人生活的主要场所:"金屋妆成娇侍夜,玉楼宴罢醉和春。"闲来"独上西楼"也好,"困倚危楼"也罢,楼总可以与主人共度这人生岁月。

楼由于高,也常常成为园中一景,尤其在临水背山的情况下更是如此——"绿树阴浓夏日长,楼台倒影入池塘"。

楼不仅是园中的景色，也是主人们登高观景的地方。壮志在胸，踌躇远望，则有"满眼风光北固楼"；心情寥落、孤寂落寞，则可"漠漠轻寒上小楼"；少年懵懂，可以"少年不知愁滋味，爱上层楼"；暮年风霜，或许感叹"危楼古镜影犹寒"。

说到最幽静的楼，应该是残秋月夜，登高独望的李清照的楼：

云中谁寄锦书来，雁字回时，月满西楼。

要说最著名的楼，那该是湖北的黄鹤楼了吧。唐人崔颢有诗曰：

昔人已乘黄鹤去，此地空余黄鹤楼。黄鹤一去不复返，白云千载空悠悠。

榭一般指的是临水的中小型建筑，人们在此倚栏赏景。榭不但多设于水边，且多设于水之南岸。视线向北而观景，阳光就不会刺眼。榭在临水处多设栏，坐凳栏杆，又叫美人靠、吴王靠，相传是春秋时吴王夫差与美人西施游赏观景之物。

榭既然专为观景而设，那么榭中看景，那自然是绝佳——"十万人家天堑东，管弦台榭满春风""游丝软系飘春榭，落絮轻沾扑绣帘""立调鹦鹉坐调筝，榭上凭栏看小青"。

不过，由于榭的高贵，往往让人联想到帝王和权贵之家——"梦残舞榭还歌榭，泪落岐王与薛王"。正是由于这份富贵之气，在岁月中荒芜的榭，也更容易让人想到它们当初的繁华——"芳筵想像情难尽,故榭荒凉路欲迷""屈平辞赋悬日月,楚王台榭空山丘"。

《红楼梦》大观园里,有一处"藕香榭",不仅景色优美,还有一副有意思的对联——"芙蓉影破归兰桨,菱藕香深写竹桥"。

榭,这种古老的建筑形式,也会在今天发挥出它独有的魅力。

亭,是一种开敞的没有墙的小型建筑物,多用竹、木、石等材料建成,平面一般为圆形、方形、六角形、八角形和扇形等,顶部则以单檐、重檐、攒尖顶为多。按其所处的位置分,又有桥亭、路亭、井亭、廊亭等。体积小巧,造型别致,可建于园林的任何地方。

《释名》中说"亭者,停也。所以休憩游行也",亭往往是游累了的文人们坐下来休息之处,也因此会格外有雅致。

关于亭的命名,还有一个有趣的故事:

宋朝名将狄青曾带领北方百姓南下拓疆,到南宁府后,城外一片荒凉,荒无人迹。狄青发现这里依山傍水,与南宁府一江之隔,交通方便,便令"停止前进",让百姓住了下来。那时的亭子还没有名称,人们便称之为"停子"。多年后人们才把"停子"改为"亭子"。

我想,中国传统文化中,最著名的亭,应该有两处:

一个是绍兴的兰亭,因了王羲之的《兰亭集序》而出名。王羲之这样记述兰亭的景色:

此地有崇山峻岭,茂林修竹,又有清流激湍,映带左右。

今天的兰亭，是我国重要的名胜古迹，据说还有王羲之题写的"鹅"字碑。

另一处是欧阳修的醉翁亭，因了其同名的《醉翁亭记》而流传千古。醉翁亭的亭角夸张地飞起，如鸟展翅，欧阳修称之为"翼然临于泉上"。

春天的劳劳亭，曾让李白临别伤心，感叹"天下伤心处，劳劳送客亭"；弘一法师一句"长亭外，古道边，芳草碧连天"，几十年来感动了多少中华儿女。多少至交亲友，多少多情儿女，长亭一别，竟成永诀。

日暮的溪亭，曾让女词人李清照流连忘返，"曾记溪亭日暮，沉醉不知归路"。我最钟情的，却是晏殊《浣溪沙》里小院中的亭台：

一曲新词酒一杯，去年天气旧亭台。夕阳西下几时回？
无可奈何花落去，似曾相识燕归来。小园香径独徘徊。

诗人独自在小园香径中往来徘徊，落花满地，旧燕归来，奈何伤春。

台，就是用土修建的坚固的高台，能以自身的坚固支撑起台面上面的建筑物，可以作瞭望用。园林之中的台，或者用石头堆砌很高而顶部平坦，或用木材构架而顶部平铺木板而不建房屋，或者在楼阁前面加宽伸出一步宽度，三面敞开，都称之为"台"。

台,当然也是为观景而设——"春景娇春台,新露泣新梅""邀勒春风不早开,众芳飘后上楼台"。

登高远眺,一目穷秋,或许最能使人们忆起岁月的沧桑感,历史的长河在一望中打破瞬间与永恒的界限。杜甫登高远望时写道"万里悲秋常作客,百年多病独登台"。陈子昂登幽州台时更是感叹"念天地之悠悠,独怆然而涕下"。

除了楼、榭、亭、台,一轩一阁,一廊一馆,也都牵动着主人的情思。这其中,归有光的项脊轩或许是最美的:

借书满架,偃仰啸歌,冥然兀坐,万籁有声;而庭堦寂寂,小鸟时来啄食,人至不去。三五之夜,明月半墙,桂影斑驳,风移影动,珊珊可爱。

因了最后那句"庭有枇杷树,吾妻死之年所手植也,今已亭亭如盖矣",归有光的项脊轩感动了数百年来的读者。

在这静谧小院内,苏东坡的明月"转朱阁、低绮户、照无眠",柳永的秋蝉"对长亭晚,骤雨初歇"。在某个秋日的夜晚,你不妨漫步在自家的庭院,看着眼前的楼、阁、轩、榭,会引发你怎样的情思呢?

一石一椅皆有意

不仅园中的自然风景值得仔细玩味,园中的人工元素更是值得慢慢品思。园中的道路、建筑物以及陈设,都体现出造园者的匠心和园主人的品味。

一、道路

铺砌园林的路面,可用细小的乱石块铺砌成像石榴子一样的图案,坚固而又雅致,无论路面曲折高低,还是依山沿壑,都可以如此铺砌。

采用鹅卵石铺砌地面,只适合铺在人不常走动之处,最好是大小鹅卵石相间铺砌,或者采用砖、瓦片砌成图样,然后以鹅卵石镶嵌成如织锦纹图案。

采用乱青石板铺砌地面,拼合成冰裂纹图样,适合于山上的平地、水边的坡地、楼舍的台面、亭边的空地。冰裂纹的大小疏密,可根据实际环境灵活变化。

若能用全花岗岩皇道砖铺地,那就更显得雍容高雅了。若用黑色、青色等花岗岩铺设地面,不仅风格别致,而且错落有趣,在黛靛转换的结合中体现出主人的高贵。

采用各种砖块铺砌地面,在房屋内,可采用磨砖平铺;在庭院中,宜把磨砖竖着铺砌。

二、六角亭

六角亭在苏州园林有很多应用实例，它灵活轻巧，造型非常地讲究，它不仅供人们由内向外观赏景色，而且自成一景，让人们从外面来观赏。六角亭的"骨骼"木结构优美而富于变化。攒尖顶的六角亭尤为美观，其屋面收尖，戗角上卷，在视线上有向上收敛之感，故设在高处，更增高远之感；设在空间尽端的假山之上，使空间拓得更有深远之意，似待人登临。

三、云墙

云墙是一种常见的中国古代园林围墙，墙顶呈波浪形的白粉墙，随着地形的走势或环境而高低起伏，像天边的云朵，被称之为"云墙"，也因势若飞龙又称为"龙墙"。线条曲折优美、活泼轻灵，富有动感，在平面上也是弧线左右摇摆，造型十分活泼，正可谓粉墙为纸、树石为绘，十分素雅美观，体现了天人合一的思想。

云墙能引起人们的遐思："云墙风柁舣江湄，客寄何心听是非。"

云墙也有它独特的美：

心有落尘云似墙，残阳挽天终昏黄。轻风难拂菩提树，一行白鹭擎海棠。

四、台阶

每户门前都有三步台阶，《道德经》中也说："一生二、二生三，三生万物",跨过三级台阶,万物尽在脚下。

台阶在古代也称"砌"。唐代诗人吴融写的《山居即事》甚得"砌"之意趣:

小亭前面接青崖,白石交加衬绿苔。日暮松声满阶砌,不关风雨鹤归来。

吴融有位清朝的后辈(吴绮),大概也过着江南小院闲居的日子:

轻云一霎午来过,满院清阴散薜萝。新竹绕檐桐绕砌,已晴偏觉雨声多。

要说写得最情真意切的,还是南唐后主李煜的绝唱:

别来春半,触目柔肠断。砌下落梅如雪乱,拂了一身还满。
雁来音信无凭,路遥归梦难成。离恨恰如春草,更行更远还生。

那白色的梅花从树上纷纷飘落,令人心烦意乱。诗人站在树下,陷入沉思已很久了。

五、连廊

连廊是复杂高层建筑结构体系的一种,一般指两幢或几幢高层建筑之间架空的连接体,其跨度有几米长,也有几十米长。

连廊一方面要方便两塔楼之间的联系,同时又要具有良好的采光效果和广阔的视野,并能营造出一种更加和谐的建筑氛围。

古代，文人有诗词雅兴，在九曲回廊上谈论经书、吟诗谱曲，附庸风雅。大户、官宦人家的豪宅大院竞相建造，连廊九曲，装饰辉煌，竟成风靡。

古人曾写诗表现了长廊中的意趣：

急雨萧萧作晚凉，卧闻榕叶响长廊。微明灯火耿残梦，半湿帘帷浥旧香。

楼有长廊，亭亦有亭廊——"径连湖水行幽草，廊接风亭卧偃松"。

匠心设计的长廊和亭廊无疑会让园中景物增色。

六、石鼓

石鼓本身是一种石头雕刻的落地摆件，摆放在大门口两边可以彰显个人的身份地位。古时候并不是家家户户都能够摆放石鼓的，只有皇家或有权势的重臣才有资格。现在有条件的普通人也能摆放了。

石鼓在中国古代是重要的建筑部件，特别是先秦时期的石鼓，更是有文物价值。有意思的是，小小的石鼓，也曾在唐诗中现身——"张生手持石鼓文，劝我试作石鼓歌。少陵无人谪仙死，才薄将奈石鼓何"（韩愈《石鼓歌》）。

其实，除了石鼓，有讲究的园林中，侧塘石、锁口石、菱角石、石磴、鼓磴、磔石、坤石等都值得细细品玩。

七、美人靠

美人靠,原是江南建筑的一个诗意术语,又称"吴王靠""吴王椅""飞来椅",是一种下设条凳,上连靠栏的木制建筑。它的靠背弧度弯曲有致,犹如曲水流觞,其优雅曼妙的流线设计合乎人体结构,无论是靠还是坐,都让人十分地舒适。

美人靠一般建在回廊或亭阁围栏的临水一侧,除让人休憩放松之外,更有凌波倒影的美感。美人靠是江南人一份意味深长的邀约,它让四面八方的来客驻足休息,领略水乡的幽静。

尤其在雨天,多情的诗人,何妨倚在"美人靠"上纵情遐想:

撑着油纸伞,
独自彷徨在悠长,悠长
又寂寥的雨巷,
我希望飘过
一个丁香一样地
结着愁怨的姑娘。

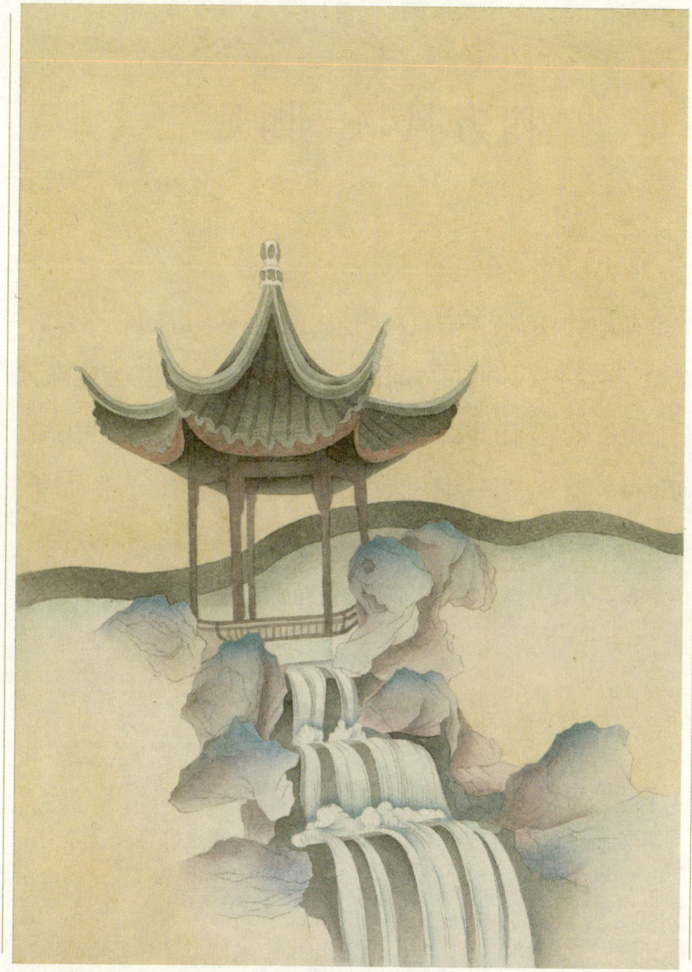

第三节

四方风物一园足

家有园林的好处,不仅仅在于能让我们领略名山大川、芳泽幽谷的美,更在于这一切我们都可以足不出户,在自家庭院里得到。通过掇山理水,我们可以把远在万里之外的美景"搬"到庭院中,还可以根据自己的理解,稍加发挥,甚至可以做到青出于蓝而胜于蓝。园中的每一朵花、每一棵树、每一竿竹、每一株草、每一座桥,都值得我们认真对待,都是我们恬淡自在的田园生活的好伙伴。

空庭幻出小嶙峋

一、假山艺术的历史

明邹迪光《愚公谷乘》中说:"园林之胜,唯是山与水二物。"中国古典园林常常通过"掇山理水"体现"山水之美",因此中国园林又被称为"山水园林"。欣赏中国的园林,就不得不欣赏假山,要想体味假山的美,我们不妨先了解一下假山的历史。

掇山，又称"叠山""筑山"，是以造景为目的，用土、石等材料掇叠成假山的过程。最初的"掇山"起源于园林中的"台"——"台"是高山的象征。秦始皇寻仙山无果后，曾在上林苑挖池筑岛，形成"一池三山"的格局，这是园林中最初的"筑山"。

而真正的用石头叠山，则开始于汉朝。

汉文帝时梁孝王建梁园，"园中有百灵山，山有肤寸石"，茂陵的和园"构石为山，高十余丈，连延数里"。可见，此时不仅开始用石头筑山，而且形成了相当的规模。

魏晋南北朝时期，由于山水诗和山水画的影响，掇山手法趋于成熟，中唐时期首次出现"假山"一词。杜甫《假山·序》云："堂下垒土为山，一匮盈尺。"这时的假山运用"小中见大"的手法，在假中见真，更趋于象征手法，接近浪漫主义。此时的假山艺术，不仅仅着眼于景物本身，还将更多的情怀和哲思融入其中。

后来宋徽宗造"艮岳"寿山，进行大规模的叠山立峰，使得叠山艺术向写实发展。宋徽宗虽然艺术素养极高，对中国传统文艺发展作出了卓越的贡献，但不得不说，他是一个失败的皇帝。有多少百姓因了他的懒政怠工而流离失所，因了他的"闲情逸致"而国破家亡。

后世爱假山的文人甚众，宋代刘学箕的《石假山》诗写道：

> 潭溪散人方是闲，真山不爱爱假山。呼童积叠石磊魂，远近便拥峰与峦。

假山在审美意趣方面,甚至超过了真山对人的吸引力。当然,也有人对这种只爱假山不爱真山的现象提出了批评,比如宋代的钱时,他写道:

终日剗镎弄假山,栽花种草尽班班。从前多少真山水,可笑傍人只等闲。

明代的文人画士参与到造园活动中,拙政园就是大画家文徵明参与建造的。掇山技艺和理论逐渐成熟,形成不同的风格流派,涌现了大量的掇山典范。造园艺术家如张南垣、计成等主张掇山形象逼真,有真山的意境,再现大自然,如"多方胜景,咫尺山林,妙在得乎一人,雅从兼于半土"。

古代园林掇山经历了从过于求真到过于求假,最终形成"有真为假、做假成真"的境界。宋代的何耕在他的《假山》诗中写道:"空庭幻出小巉峋,假外应须别有真。"却是道出了假山的意趣所在。

二、假山的分类

《园冶》的"掇山"篇中,按功能用途和景观特点把掇山分为了园山、厅山、楼山、阁山、书房山、池山、内室山、峭壁山、山石池、金鱼缸、峰、峦、岩、洞、涧、曲水、瀑布等十七种山景,这是按照假山的位置和功用划分的,几乎囊括了所常见的情形。

假山按材料可分为土山、石山和土石山三种。

土山以土为山的主体，多用于堆筑"大山"。石头点缀其中，山上可种植树木，既可用树根保持水土，加固土体，又能得枝叶繁茂、自然美观的奇妙。苏州的沧浪亭就以土山为主，植树建亭，浑然一色，自然无痕，堪称土山成功的典范。

石山则是以石为筑山的主要材料。石山的堆筑石料多为湖石、黄石，湖石山"空灵中寓浑厚"，婉转多姿而少做作；黄石山则"浑厚中见空灵"，重拙有情而多转折。不同的石料，能给人以不同的享受，传达出不同的意境。相较土山，石山有更多的变幻，展现出更多的观感冲击。

土石山则是以土和石共同作为山体材料堆筑，既把用料结合起来，又兼具了二者的风格，既有土山的神韵，又有石山的挺拔和高耸。

苏州拙政园中部池中两山属土山带石。以土为主，坡度不高。自然隆起的山丘，土石相间的坡陇，配以宽阔的池面、扶疏的花树、轻灵的亭桥，充分展示了江南水乡秀美的风貌。山上随意点置的石块更增添了山的稳定感和真实感，山脚堆砌的群石则起着固山范水的"藩篱"作用。

三、假山的艺术特色

自然山水是园林掇山的创作源泉，园林中掇山的重要原则是"师法自然"，假山虽然在尺度上比真山大大缩小，但必须要体现出自然山峦的神韵和形态，并尽可能体现出源于自然而高于自然的意境。

掇山布局时讲究"出自理，发之意，达之气"。

"理"指的是在地形布局上合乎视距、视角等视野成景原则。

"意"是指山体的立意构思要通过对空间构图的艺术概括，达到形似传神的意境。

"气"则是掇山与环境所体现出来的诗情画意和韵味情趣。

其次，在立面构图上既要主配分明、层次有章，又要高低起伏、曲折多变，还要讲究虚实疏密、大小结合。这也是中国传统哲学在园林艺术中的体现。天人合一、富有层次，才更值得品味。

中国文化讲究"无为而治"，讲究"顺其自然"，石山的堆筑首先要掌握山石的石性。一方面要"知石之形"，就是了解和掌握石料形态、色泽、质地、纹理等外在物理属性；另一方面要"识石之态"，即通过山石的外在形态挖掘其内在的美学效应，使其表现出诸如雄劲、灵秀、古朴、飘逸等艺术特征。

然后依照石性，在园林掇山中或用作主峰，或用作配峦，或体现挺拔峭立的气势和精神，或展示玲珑剔透、娟秀的景致。

当我们看到石头堆叠而成的假山时，不妨把思绪拉回到秦汉时代，它们的雏形在悠悠两千年前的秦始皇时期就形成了，经过历代的文人才子、书家墨客和构园艺术家们的实践，将无数艺术家的巧思妙想和中国传统文化中天人合一、虚实相济、道法自然的哲学都融入进来，体现在我们眼前这一方假山之上。不得不说，这是历史和人文对我们的馈赠。

只恐夜深花睡去

有了心爱的小宅院，如何为她点缀装扮，增加主人独有的情调，却是一件趣味盎然的事了。这其中，自然少不了花。赏花、弄花是美，种花、植花也是美，甚至为花浇水、除尘，也未尝不是美的享受。

花，素来都是中国文人的"真爱"，也是中国传统文学里的重要角色。每一种花，都有自己的格调和品性，在诗人眼里，也就有不同的寓意。在赏玩之时，若能细细品味，将会让美的感受得到莫大的升华。

牡丹被称为花里的帝王，芍药被称为花里的宰相，都是花中的贵族。在载种赏玩的时候，千万不能流露出穷酸气。应该用带有花纹的石头做栏杆，布局一定要参差有致，有层次感。花开茂盛之时，用绿色的幔帐遮在花上，用以遮蔽太阳，夜晚时分，用高高的灯笼挂在花前，潜心玩看，有种独特的意境。

海棠花被喻为"国艳"，有"花中神仙""花贵妃""花尊贵"的称号，也有"解语花"的雅称，寓意富贵吉祥、阖家满堂。海棠花娇嫩妖艳，她那姣美动人的姿态，就像喝醉了的贵妃。在雕墙峻宇之间种植数株海棠，用碧纱半遮，凭栏而看，别有风韵。

海棠花初绽时，像一位娇滴滴的小姑娘；盛开的海棠，却大气地展开圆形的花瓣和金黄色的花蕊，如阳光般温暖。相传唐明皇登香亭召杨贵妃,她却沉醉未醒,皇帝命高力士使侍儿扶掖而至。贵妃醉颜残妆,鬓乱钗横,不能再拜。明皇笑道:"岂妃子醉,直海棠睡未足耳!"这就是"海棠睡未足"的典故。

苏轼也非常喜欢养花,甚至到了如痴如醉的地步。"只恐夜深花睡去,故烧高烛照红妆",这两句诗就充分地表达了他对海棠的特殊情感。说到写海棠写得最清新的,还是女词人李清照的《如梦令》:

> 昨夜雨疏风骤,浓睡不消残酒。试问卷帘人,却道海棠依旧。
> 知否,知否?应是绿肥红瘦。

古人认为"桃为五木之精,能治百鬼",所以常常将桃木制成桃符,挂在门前辟邪。桃花在娇嫩之中也流露出一股独有的气质。陶渊明《桃花源记》的武陵人见到的正是桃花。桃花宜在别墅山隈,小桥溪畔间种植。桃花可以和柳一起种植,若布置得宜,便有"柳叶开银镝,桃花照玉鞍"之美,若布局不当,很容易就显得俗气了。

桃花总给人欢快的享受——要不,诗人崔护为何偏偏感叹"人面不知何处去,桃花依旧笑春风"呢?

桃花是美人丽姝,在歌舞场中,一定少不了她。但若要得一些飘逸超脱的气质,可以种李花。在烟霞泉石之间,李花就像缥缈高洁的仙子,所以不宜种得太多。

"沾衣欲湿杏花雨,吹面不寒杨柳风",杏花自古以来就是轻盈美丽的象征。戎马倥偬、流离半生的诗人陆游，在写到杏花时，也显得柔情万种："小楼一夜听春雨，深巷明朝卖杏花。"

若在小院里，植几株杏树，不仅可以欣赏"花褪残红青杏小"的美丽，还能在自家庭院欣赏"满阶芳草绿，一片杏花香"的美景。

兰花亦不可不看。屈原喜欢兰花的高洁，经常用兰花芳草自比。他写兰花是"秋兰兮青青，绿叶兮紫荆茎"。清朝诗人刘灏写兰花道：

兰生幽谷无人识，客种东轩遗我香。知有清芬能解秽，更怜细叶巧凌霜。

兰花幽怨的气质早就被人注意到。唐朝诗人李贺在咏叹江南才女苏小小时，也说到"幽兰露，如啼眼"。

培育兰花是有讲究的。春天发芽以后，不能用肥水浇灌，还需经常用尘帚为其擦拭，不要让她染上尘土。夏天花开得嫩，不要用手摇晃她，等待她慢慢长大后，再去擦拭；秋天轻轻拨开根土，用少许米泔水注入根下，冬天则应该安置在向阳的房间里，并经常为其转换方向，不要让霜雪侵犯。

葵花是太阳的孩子，是光和火的象征。初夏时节，葵花花繁叶茂，就像是在向她们的太阳母亲致敬。葵花种类繁多，有的奇态百出，纵横恣肆，宜种植在空旷之处；有的小若铜钱，文采颇可玩味，宜种植在台阶两旁。葵花不仅深得我国历代文人的喜爱，也深得荷兰著名印象派画家梵高的喜爱，他笔下的向日葵热情奔放，享誉全球。

"接天莲叶无穷碧，映日荷花别样红"，中国古人素爱水，更爱水中的花。荷花是中国传统文化中不可或缺的要素。李商隐甚至专门写诗《赠荷花》：

世间花叶不相伦，花入金盆叶作尘。
惟有绿荷红菡萏，卷舒开合任天真。
此花此叶长相映，翠减红衰愁杀人。

若在雨天赏荷，那将会别有一番情致。诗人元好问就陶醉于这种画面："骤雨过，似琼珠乱撒，打遍新荷。"

说起荷花，就不得不说芙蓉了。芙蓉花也叫木莲，和荷花一样娇艳。"荷叶罗裙一色裁，芙蓉向脸两边开。"若在水池岸边种上芙蓉花，临水观看，情致最佳。

江南的菊花最好，也是陶渊明的最爱，一句"采菊东篱下，悠然见南山"，唤起了千古文人对田园生活的向往。不像桃花的娇艳，牡丹的高贵，荷花的清高，菊花，自有一股冷眼看世，孤芳自赏的傲骨在：

花开不并百花丛，独立疏篱趣味浓。

菊花让人想起故乡。独自漂泊的诗圣杜甫想起故乡的亲人，写道"丛菊两开他日泪，孤舟一系故园心"。

曹雪芹似乎对菊花也是情有独钟。在《红楼梦》第三十八回《林潇湘魁夺菊花诗，薛蘅芜讽和螃蟹咏》中，由史湘云和薛宝钗拟定

题目,共十二道题目,其中写得最好的还是林黛玉的《咏菊》:

无赖诗魔昏晓侵,绕篱欹石自沉音。毫端蕴秀临霜写,口齿噙香对月吟。

满纸自怜题素怨,片言谁解诉秋心?一从陶令评章后,千古高风说到今。

菊花在晚秋开放,菊花开过或许预示着寒冷的冬天到了,再没有花可看了。唐代诗人元稹感叹道:"不是花中偏爱菊,此花开尽更无花。"

其实大可不必如此悲观。冬天又岂会少了花的芬芳呢?

"墙角数枝梅,凌寒独自开。遥知不是雪,为有暗香来。"梅花实在是幽人君子最好的伙伴了。若能在院中种植一片梅花,当花开放之时,坐卧其中,真使人神清骨爽。

赏梅,要赏其横斜疏朗的样子。如果说陆游的"无意苦争春,一任群芳妒"是梅花高洁的品格,那么林和靖的"疏影横斜水清浅,暗香浮动月黄昏"或许是对梅之美的最佳诠释了。甚至游子远离故乡,念念不忘的还是故乡窗前的那一束梅花:"来日绮窗前,寒梅著花未。"

常见的花,还有芍药、玫瑰、桂花、杜鹃花等等,每种花,都各有特点,各有性格,希望每一位小园的主人,都能找到与自己情意相投的花儿。

梧桐叶上三更雨

有了心爱的院子，何不精心布置一些树木来点缀这美丽的方寸一隅呢？

著名辞人屈原，总喜欢用美丽高洁的奇株异草比喻自己的品质，《西京杂记》中说"奇树异草，靡不具植"，《金谷园亭》云"树以花木""茂树众果，竹柏药物具备"，《华林园》中也提到"高林巨树，悬葛垂萝"。可见中国传统文化中，人们对于树木之美，是非常重视的。

想要栽培植物为小院增色，首先要在得其性情。就是从植物的生态习性、叶容、花貌及其色彩和枝干姿态等形象所引起的情感来认识植物的性格或个性，并同时使其与主人的客观生活内容相符合。

首先从植物的生态和生长习性方面来看。

以松为例。松的生命力很强，瘠薄的砾土、干燥的阳坡，就是峭壁崖岩间都能生长。古人云："松为百木之长，诸山中皆有之。"由于"遇霜雪而不凋，历千年而不殒""岁寒然后知松柏之后凋"，因此以松为忠贞不渝的象征。松树枝矫顶兀，枝叶盘结，姿态苍劲。若植乔松二三株，自有古意。

大诗人白居易也钟情松树，在自家种了两棵松树，作为自己的好朋友：

手栽两树松，聊以当嘉宾。乘春日一溉，生意渐欣欣。

闲时，还可以在轩前松下，独坐看月：

月好好独坐，双松在前轩。西南微风来，潜入枝叶间。

再以垂柳为例。柳本性柔韧，枝条长软，洒落有致，因此古人有"轻盈袅袅占年华，舞榭妆楼处处遮""不知细叶谁裁出，二月春风似剪刀"的咏句。垂柳又多植水滨，微风摇荡，"轻枝拂水面"，使人对它有垂柳依依的感受：

含风鸭绿粼粼起，弄日鹅黄袅袅垂。

关于柳树，还有个有趣的传说。据说隋炀帝修建大运河竣工后，大臣虞世基请求在河堤上种柳树：一则树根繁茂，可以保持水土，守护河堤；二则俊士美女们可以在树下乘凉；三则牛羊可以吃柳树的枝叶。隋炀帝大喜，并亲自率领大臣们栽种，并御笔赐垂柳姓杨，因此柳树也称"杨柳"。

柳树的美，征服了自古以来的中国文人。欧阳修曾感叹："手种堂前垂柳，别来几度春风。"宋之问怀念故乡时，写道："故园肠断处，日夜柳条新。"

"垂柳依依惹暮烟，素魄娟娟当绣轩"是闺中美女的哀怨；"穆湖莲叶小于钱，卧柳虽多不碍船"是舟上樵夫的欢愉；"浮云柳絮无根蒂，天地阔远随飞扬"是天涯游子的悲伤。

说起烟柳朦胧的离愁别怨，我还是最喜欢周紫芝的《踏莎行》：

情似游丝，人如飞絮。泪珠阁定空相觑。一溪烟柳万丝垂，无因系得兰舟住。

雁过斜阳，草迷烟渚。如今已是愁无数。明朝且做莫思量，如何过得今宵去。

梨，是常见且好吃的果实。传说汉武帝的樊川园中有一种特别大的梨，落地即碎、入口即化，摘取之时，必须先用皮囊包裹，人称"含消梨"。可贵的是，梨不仅果子好吃，梨树、梨花，也挺耐看。

白居易在《长恨歌》中曾用梨花比喻杨贵妃的美貌："玉容寂寞泪阑干，梨花一枝春带雨。"边塞诗人岑参曾用梨花比喻洁白无瑕的雪花："忽如一夜春风来，千树万树梨花开。"大才子苏东坡更是把柳絮和梨花进行了对比："梨花淡白柳深青，柳絮飞时花满城。"

刘方平的梨花是幽怨的：

纱窗日落渐黄昏，金屋无人见泪痕。寂寞空庭春欲晚，梨花满地不开门。

杜牧的梨花是孤独的：

淮阳多病偶求欢，客袖侵霜与烛盘。砌下梨花一堆雪，明年谁此凭阑干。

有一位诗人，没能在滚滚历史的长河中留下自己的名字，却留下了他关于梨花的千古佳唱：

旧山虽在不关身,且向长安过暮春。一树梨花一溪月,不知今夜属何人?

石榴也是一种美味的水果,也是一道美丽的风景。白居易的后花园里竟然也有石榴树,他专门写诗赞美石榴:

一丛千朵压栏杆,剪碎红绡却作团。风袅舞腰香不尽,露销妆脸泪新干。

蔷薇带刺攀应懒,菡萏生泥玩亦难。争及此花檐户下,任人采弄尽人看?

看来平凡就是一种独特的美。

石榴之美,欧阳修也是同意的:

荒台野径共跻攀,正见榴花出短垣。绿叶晚莺啼处密,红房初日照时繁。

石榴花热情、奔放、和美,石榴果被喻为繁荣、昌盛、和睦、团结,因此石榴有着美好的寓意:多子、多孙、多福、多寿,最适宜种植在庭院中了。

比起其他的树,梧桐树可能更得文人雅士诗人词客的喜爱。中国古典文学中写到梧桐树的真是太多了。

这或许是因为梧桐树最早落叶,梧桐落叶成为秋天到来的象征,也必然会牵动人们的思绪。那句著名的"一叶落知天下秋"就是说梧桐树的。司马光在他的《梧桐》诗中写道:"紫极宫庭阔,扶疏四五栽。初闻一叶落，知是九秋来。"秋风乍到，雨打梧桐确实给人一种凄美的感受。

苏轼有一首词，写尽了秋雨梧桐的美：

梧桐叶上三更雨。惊破梦魂无觅处。夜凉枕簟已知秋，更听寒蛩促机杼。

梦中历历来时路。犹在江亭醉歌舞。尊前必有问君人，为道别来心与绪。

几百年后，多情的清代词人纳兰性德也看到了类似的景象——"雨歇梧桐泪乍收，遣怀翻自忆从头。"

梧桐树树干通直，高大挺拔，成为文人孤直性格的象征。明代的潘臻的《峄阳孤桐》诗写梧桐的品格：

亭亭独自傲霜风，不与寻常桃李同。圣世工师求木久，峄阳犹自有孤桐。

此外，梧桐树枝叶相交，象征着至死不渝的爱情。《孔雀东南飞》中有句为证："东西植松柏，左右种梧桐。枝枝相覆盖，叶叶相交通。"白居易的《长恨歌》也用梧桐秋雨来象征唐明皇与杨贵妃爱情的凄美："春风桃李花开日，秋雨梧桐叶落时。"

文人们常常在自己小院种植梧桐树，别有一番情致的同时，也能激发自己的诗情愁思，南唐后主李煜曾这样思念自己的故国：

无言独上西楼，月如钩。寂寞梧桐深院、锁清秋。

剪不断，理还乱，是离愁，别是一般滋味、在心头。

竹外一枝斜更好

苏东坡曾说："宁可食无肉，不可居无竹。无肉令人瘦，无竹令人俗。"东坡先生是爱吃肉的，"东坡肉"亦是西湖名菜。然而，当肉与竹不能兼取之时，东坡先生就宁可食无肉了。可见，几竿清逸脱俗的修竹，对东坡多重要。他曾说"江头千树春欲暗，竹外一枝斜更好"，可见对竹有多偏爱。

竹子的生长方式也与其他植物不同：首先是嫩笋破土而出，逐节上升，开枝发叶，所谓"有志有节"。其外表光滑洁净，不攀不蔓，所谓"不趋炎附势"；而其内部是空，象征"清虚自守"。似弱而坚韧，风来顺风，雨来承雨，雪来载雪，时时能"以柔克刚"。因此，在中国文化中，竹被喻为高风亮节、虚怀若谷的君子。

竹可入画。墨竹，是中国特有的艺术形式之一。唐代画家萧悦是最早的墨竹名家，同时代的张彦远《历代名画记》推崇他"工竹，一色，有雅趣"，就是说他专攻竹画，画的竹富有雅趣。

宋代画竹以文同最擅。文同任洋州知州时，得知城北有个筼筜谷，有茂林修竹，便在谷中盖了座小亭，政务之余，常偕亲友来游。久而久之，他胸中千山万壑都是竹。画的竹一幅比一幅精彩，晁补之说他"胸中有成竹"。苏东坡也说他画竹子时不但忘了身旁的人，最后连自己都忘了，一心只有竹，甚至都要化身为竹了。

扬州八怪的郑板桥，很擅长画竹，他在竹画上面题诗，比较出名的一首是：

咬定青山不放松，立根原在破岩中。千磨万击还坚劲，任尔东西南北风。

竹可入文。苏东坡曾与好朋友张怀民在晚秋之夜，徜徉于庭院之中，观赏月色之下的竹影，他把那夜的场景仅用寥寥数字就生动地记了下来：

元丰六年十月十二日夜，解衣欲睡，月色入户，欣然起行。念无与为乐者，遂至承天寺寻张怀民。怀民亦未寝，相与步于中庭。庭下如积水空明，水中藻、荇交横，盖竹柏影也。何夜无月？何处无竹柏？但少闲人如吾两人者耳。

明月、竹影，何夜无有呢？所缺的，是像我俩一样有闲情的人啊。

竹可入诗。《诗经》中就有"瞻彼淇奥，绿竹青青""秩秩斯干，幽幽南山"的句子。后世的文人，写竹的诗文，简直无可胜数。

它的凌寒独立，与松齐名："残年断送风和雪，晚节相依竹与松。"他的谦虚柔美，与水并称："水能性淡为吾友，竹解心虚即我师。"

它虽然孤傲，但也未尝不柔顺，常常倔强，时而却"百搭"——

唐人郑谷说它"宜烟宜雨又宜风",宋人陈与义说它"高枝已约风为友,密叶能留雪作花"。

或许,还是杜甫的笔触最细腻:

绿竹半含箨,新梢才出墙。色侵书帙晚,隐过酒罇凉。

雨洗娟娟净,风吹细细香。但令无翦伐,会见拂云长。

写竹,也并非是古人的专利。诗人羊令野写了一篇短短的《竹韵》:

萧疏的竹影

赋除了秋诗里最精致的句子

那是一首激情的月光装饰的秋歌

让向晚的风重复的朗诵

仿佛是筝

仿佛是瑟

调弄悠悠杳杳的和音。

竹可入园,居而有竹,则幽篁拂帘,清气满院。唐代大诗人王维的辋川别业里就有修竹若干,怪不得他能写下"竹喧归浣女,莲动下渔舟"这样的千古佳句。

南宋洪适建立了我国第一个竹类植物园,他在《盘洲记》中记载了其中景况:

两旁巨竹俨立,斑者、紫者、方者、人面者、猫头者、慈、桂、盘、笛、群分派别，厥轩以"有竹"名。

明、清时期，竹子造景鼎盛，江南园林几乎无园不竹。竹与石头、亭子、水体、园路等搭配，营造出竹径通幽、粉墙竹影、移竹当窗等园林景观。

在园林中，竹可以与假山和奇石组景。山石硬朗古朴，充满质感，用竹作背景，更能衬托山和石的线条。若能配以水景，水边傍竹，比之"疏影横斜水清浅"的梅，亦丝毫不愧。

天意怜幽草

每次想到小草，我总会想起这首歌：

没有花香，没有树高。我是一棵无人知道的小草。
从不寂寞，从不烦恼，你看我的伙伴遍及天涯海角。

就是这小小的小草，在园林设计中却具有着双重的含义。

首先，在物理环境方面，它不仅可以帮助人们设计出更美、更幽静的环境，还有绿化作用，提供新鲜的空气，帮人们缓解身体上的疲劳和身体上的压力。设置草坪是现代园林配景的一种常见的方法。若把园林设计比喻成绘画，草坪就是绘画的底色，是整个园林的基调，它与树木、花草、山石等一起构建园林环境，提高了草坪的可观赏性。简洁明快的草坪对整个园林起衬托作用，使整个园林景观画面错落有致。

其次，小草具有的特殊的品格，往往能引起人们更多的共鸣和深层次的思考。

原野上的草，辽阔高远，浩渺无际。南北朝时期的《敕勒歌》描绘了北方草原无遮无拦、高远辽阔的景象：

敕勒川，阴山下。天似穹庐，笼盖四野。
天苍苍，野茫茫。风吹草低见牛羊。

草的生命是源于原野和草原的，在那里，小小的草，都有着顽强的生命力："离离原上草，一岁一枯荣。野火烧不尽，春风吹又生。"

长在空山幽谷中的草，是"幽草"，它远离尘嚣，遗世独立，不慕荣华，不争春色，就像王维笔下的辛夷花，"涧户寂无人，纷纷开且落"。

不过，因了它们的品格像极了文人们心中的样子，幽草的美，还是没逃过诗人们的慧眼：

韦应物看到了：独怜幽草涧边生，上有黄鹂深树鸣。春潮带雨晚来急，野渡无人舟自横。

李商隐看到了：天意怜幽草，人间重晚晴。

陆游也看到了：幽草上墙绿，落花沾土香。

甚至，有人来了：寻花踏幽草，南出山脚青。

而有的人刚刚离去：迸笋过幽草，吹香到别家。

草，不仅可以在原野、在山谷，还可以来到人们的庭院中——宋代张耒家的庭草很鲜嫩："鲜鲜中庭草，往色日已敷。"宋代姜特立家的幽草有禅意："幽幽庭下草，悟悦有禅味。"宋代王令家的庭草与庭花相映成趣："庭草绿毵毵，庭花闲自开。"

唐代曹邺在揣摩草的心思：

庭草根自浅，造化无遗功。低回一寸心，不敢怨春风。

草是春天的使者。记得小时候的语文课本第一课就是"春天对小草说了什么，小草那么听话，都绿了"。王安石的"春风又绿江南岸"更是明明白白写出了江南的春天是从春草染绿开始的。

小草虽不像春天里的百花一样光彩照人，却绿得早、衰得晚。"一番桃李花开尽，惟有青青草色齐"，它是整个春天的见证者。

清代的高鼎为我们描绘了一幅春游图：

草长莺飞二月天，拂堤杨柳醉春烟。儿童散学归来早，忙趁东风放纸鸢。

韩愈的一首七绝真是把春草写绝了：

天街小雨润如酥，草色遥看近却无。最是一年春好处，绝胜烟柳满皇都。

青青春草，难免让人想起一个"情"字。《古诗十九首》中那句"青青河畔草,绵绵思远道",引起了千古诗人词客的绵绵思绪。

苏轼的《蝶恋花》不仅是咏唱春草的千古绝唱,也为人们构建了一个"墙里墙外,秋千美人,多情却恼"的凄美画面:

花褪残红青杏小。燕子飞时,绿水人家绕。枝上柳绵吹又少。天涯何处无芳草。

墙里秋千墙外道。墙外行人,墙里佳人笑。笑渐不闻声渐悄。多情却被无情恼。

在这无尽的春草中,在春意阑珊的红墙外,是什么牵动了诗人的心弦?是易逝的韶华,还是佳人的冷漠?

这叶小小的草,是天涯游子对母亲的思念——"谁言寸草心,报得三春晖。"是知己好友离别时的思念——"又送王孙去,萋萋满别情。"是寄人篱下的凄楚——"草木也知愁,韶华竟白头。叹今生、谁舍谁收!"是不甘沦落的高贵——"草木有本心,何求美人折!"是背井离乡的行客——"千里草,萋萋尽处遥山小,遥山小,行人远似,此山多少。"是重回江南夜梦——"夜雨江南梦,春风陌上情。东皇如有意,移向玉阶生。"

当我们沉醉于春色,醉情于秋风时,何不俯首看一眼脚下的幽幽青草,是否能让我们多一些宁静?

小桥流水人家

如果你喜爱园林，向往桃源的美，那么你就不可能不爱桥。在细雨蒙蒙的江南水乡，每当杏花开时，春雨浥尘，菊花放后，落霞秋水。柔美明秀的江南风光，与水上的桥廊是分不开的。

在水道纵横、平旷无际的苏南浙北，五步一登，十步一跨，大小桥梁，触目皆是。水乡绿城，一桥如带，湖光山色，翠满江南。多情的人们撑起长篙，扬起轻帆，在桥下的碧波中穿越如诗的岁月。

桥是风景。隐隐层翠间，橹声摇动。粼粼柔波中，桥影约约。江南的小桥，往往绵延如带，又常常玲珑纤巧，柔骨迎山，轻躯枕水，桥边的人家炊烟袅袅，远处的青山翠峰半露。桥永远是烟雨江南最富诗意的风景。

小舟欸乃，帆影随人，远山隐隐，浅黛如眉。恐怕没有哪位画师能够描绘出江南小桥缥缈凌波的姿态。这首小诗，或许能捕捉到一个侧面：

隐隐飞桥隔野烟，石矶西畔问渔船。桃花尽日随流水，洞在清溪何处边。

不错，桥是风景，可是，最美丽的风景，或许并不是桥。你看，有人就这样写道：

你站在桥上看风景，

看风景的人在楼上看你。

明月装饰了你的窗子,

你装饰了别人的梦。

桥是离别。相传长安城东一条河叫灞水,河上一座桥叫"灞桥",人们常在这座桥上送别亲友,"悠悠天下士,相送洛桥津"。自从李白唱出一句"秦楼月,年年柳色,灞陵伤别",这小小的、弯弯的桥,从此便与离别相关。

"蓝桥春雪君归日,秦岭秋风我去时"是白居易的别愁,"曾与美人桥上别,恨无消息到今朝"是刘禹锡的离绪;"一去仙桥道,还望锦城遥"是卢照邻的依依相送;"驻马西桥上,回车南陌头"是崔融的恋恋不舍。最触动我的,还是徐志摩在《再别康桥》中写下的:

悄悄的我走了,

正如我悄悄的来;

我挥一挥衣袖,

不带走一片云彩。

桥是相思。

青山隐隐水迢迢,秋尽江南草未凋。二十四桥明月夜,玉人何处教吹箫?

这是杜牧送给自己的好朋友韩绰的,山水迢迢,在江南的晚秋,二十四桥明月之夜,不知道老朋友在做什么呢。

诗人张祜对朋友的相思之情，也因了一座小桥而久久难去：

长洲苑外草萧萧，却算游城岁月遥。唯有别时今不忘，暮烟疏雨过枫桥。

桥是孤独。有一位诗人，独自一人乘着小舟漂流，夜晚停靠在枫桥边，听着远处传来的钟声，留下了流传千古的孤独赞歌：

月落乌啼霜满天，江枫渔火对愁眠。姑苏城外寒山寺，夜半钟声到客船。

孤独是什么？孤独就是扁舟一叶、小桥一梁、游子一身：

漕渠北向小桥通，渐入苍茫大泽中。造物将无知我醉，故吹急雨打船篷。

当陆游独自一人醉卧小船，在骤风急雨中穿过小桥时，曾如此感叹自身的渺小和造物的旷杳。

张继的孤独落寞，陆游的孤独卑微，却还孤独得不够彻底，不够让人为之心怀感伤，潸然泣下。说到孤独，我永远忘不了这个人的背影：

枯藤老树昏鸦，小桥流水人家，古道西风瘦马。夕阳西下，断肠人在天涯。

孤独到此处，也便是极了。

桥是故乡。不知何时，曾离开故乡而去，去时还是少年，归来

已成白发。当王建重返久别的故乡时,最先触动他的,还是那座桥:

桥上车马发,桥南烟树开。青山斜不断,迢递故乡来。

看到故乡的桥,而落泪的,还有皇甫曾:

还乡不见家,年老眼多泪。车马上河桥,城中好天气。

若论谁对故乡的情更深、意更切,在看到故乡被战争摧残后的心更痛,那就要属姜夔了,我们来看他为久别的故乡写下的《扬州慢》:

纵豆蔻词工,青楼梦好,难赋深情。二十四桥仍在,波心荡、冷月无声。

念桥边红药,年年知为谁生。

桥,并非纯天然,也并非不事雕琢,却依然能够打动人心。是否是因为它那与山河融为一体的造姿,恰是人工与天然的绝佳缝合?是否是它的古朴厚重和轻盈纤巧给人以特殊的美感?又是否,这一弯弯、一梁梁的桥,为当初年少的我们,连接了某个藏在童心深处的梦?

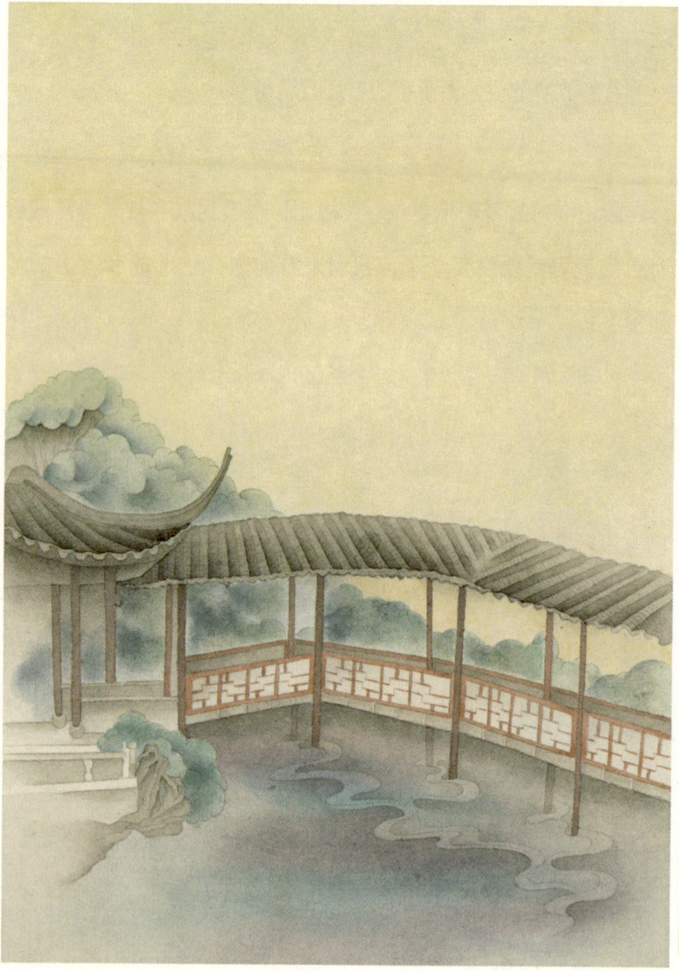

第四节

要得人心似自然

　　田园生活的精髓,并不在于眼前所见、耳中所闻,而在于主人的心境。无论是鸟语花香的熏染,还是青山秀水的陶冶,最终的落脚点还在人的心境。心若浮躁,江湖亦如闹市,心若宁静,庙堂自是田园。所以园林的建设,说到底都是围绕着"人心"的。为了让人的心境恬淡,可以用一些造景技巧,也可以借助匾额楹联,来为主人创设一个净化心灵的氛围。

"借"得山川秀

　　中国传统哲学讲究天人合一和和谐之美,中国古典园林在设计理念上一直遵循这一要义。园林中的一山、一水、一石、一池各种景观,一楼、一台、一榭、一亭各种建筑物,一花、一树、一林、一圃,甚至一桌、一椅、一帘、一凳各种陈设,都是经过设计师精心布置的,体现着中国古哲们天人合一的智慧。

如何对园林中的所有景观元素进行合理调度安排，使山水、道路、花草都处在最合适的位置，使人们能够在园林中获得亲近自然、放松身心的机会，获得美的感受，是园林设计的首要任务和终极目的。

《园冶》是我国园林设计领域的重要古籍。开篇"兴造论"言："园林巧于'因''借'，精在'体''宜'。所谓因，即依山就势，若有树木阻隔，则修枝剪条；若遇泉流，则引注石上，相互借用，宜亭则亭，宜榭则榭。所谓借，即园虽内外有别，但景无远近之分，目力所及之处，俗则屏之，佳则收之，不问田头地角，尽化烟云景物。"

《园冶》的末篇为"借景"，认为"借"在园林设计中具有的核心地位："夫借景，林园之最要者也。""巧于因借"作为中国传统园林中常见的造园技巧，渗透在园林设计的各个环节，成就了皇家园林的"移天缩地"与私家园林的"壶中天地"。

一、因原有的山形水势造景

"巧于因借"，首先体现在园林山水结构的总体布局中。山水结构决定了后续的掇山理水、园路设置、建筑经营、植物造景等。建园选址可因借山水之势、人文名胜，因地制宜，确立园林的基本格局。

秦汉园林因借蓬莱海上仙山的神话而创"一池三山"池岛空间。后世在山水布局时，常常借自然界中的溪、涧、河、湖、岛、洲、山、丘等进行空间艺术创造。例如，圆明园在海淀的水网系统基础上扩建而成，依照江南水乡的格局重理山水，建成婉转迂回的山水空间，既有仙山琼阁的意境，又有河湖交汇的江南味道；避暑山庄因借武烈河、狮子沟等原有地貌，引入园外之水，梳理成洲岛布列、水系融贯的山水格局；清漪园因借原有西湖北山南水的格局，仿照杭州西湖"一池三山"的秀美风景，最终成就了昆明湖的辽阔、后溪河的静谧、万寿山的华美、西堤的婉约与池中三岛的缥缈。

私家园林格局虽小，但"壶中天地"之美，"虽由人作，宛自天开"。例如苏州沧浪亭，巧借园外之水，外水潆洄，临水筑榭、亭、复廊，兼顾内外之景，是私家园林邻借外水的经典案例。

二、因借物象意境

园林空间与物象意境之间的物我共情共鸣，构成了中国传统造园的精华。以远山、近水、明月、清泉、倒影、植物等物象为题梳理园林空间，进行"远借、邻借、仰借、俯借、应时而借"，营造"物情所逗、目寄心期"的园林意境，足以让人览胜抒怀。

例如清漪园，向西远借玉泉山、玉泉塔，以及延绵不断的西山山脉，纳入园林作为背景。而昆明湖东侧建筑组，"因借"远山亭塔、近树湖水、晚霞夕阳之佳景而设，正合陶渊明"山气日夕佳，飞鸟相与还"之意境，故名曰"夕佳楼"。

又如拙政园，借西侧的北寺塔之景，将其纳入园中，园林东西向开凿纵深的水域空间，构成四面月洞门的"梧竹幽居"。补以园入口的"别有洞天"——园外北寺塔景,三个空间构成节奏鲜明的深远透景线。北寺塔景于清晨薄雾中若隐若现,以园衬托,别有意境。园中远香堂、荷风四面亭、船舫香洲三个园林建筑临水而建,互为对应,同以荷为物象载体,隐喻道德高尚之人。远香堂借周敦颐"香远益清,亭亭净植"的荷之风骨,设落地长窗、临水月台以承载意境,赏荷观月,抚琴品茗。荷风四面亭中央水池独立半岛六角攒尖亭,四面植荷,契合了"四面荷花三面柳,半潭秋水一房山"的意境。船舫香洲取义"香飘杜若洲",以荷喻指香草,"野航"于满池荷蕖之中。

三、因借声、光、时景

声景、光影、四时四季之变,是造园中常见的意境空间营造手法。园林中的风景因四时变化、风霜雨雪、鸟兽禽鱼花木而使得园林有了生气。在中国传统园林中,除了山水总体布局外,还可因借各类动态景观营造宛若自然山林的风景,也是意趣盎然。

园林中有不少景致以声音景观为主题,杭州西湖东岸的"柳浪闻莺",描绘柳姿以及莺啼清丽之音;又如拙政园"留听阁",临水而设,遍植荷花,取义"留得残荷听雨声"之意;再如拙政园的"枇杷园",园内有一汪水池贴墙而设,池边以芭蕉造景,每逢雨天,可于池对岸建筑中听水落池面、雨打芭蕉之音,建筑、园林以及自然之音相得益彰。

其次，光影之变是使园林充满魔幻意象的含蓄的营造手法之一。例如，网师园"射鸭廊"后的建筑山墙上有各式漏窗，阳光透过漏窗洒满内庭，别有意趣；留园的西楼与曲西楼，水面的月影与建筑倒影相映成趣。

此外，因循四季与四时特点，营造出园林空间有动态变化的景致也是造园常见理法。体现了造园者对场地与物候气象特征的尊重。例如扬州个园，春、夏、秋、冬四季假山与特色植物配植而成四季各异景色。杭州西湖十景中"苏堤春晓""曲院风荷""平湖秋月""断桥残雪"四景分别喻四季之景。亦可巧借时刻的不同而造景，如西湖十景中的"雷峰夕照""南屏晚钟"等。

园林借声、光、时景的不同，巧妙地将园林之景与人的想象联系起来，拓展了园林的维度。

通过对园林空间的合理安排，可营造出别具一格的优美景观。园林中多种不同的元素得以和谐统一地融合在一起，整个园林景观将更具观赏性，更富有人文气息。巧于因借，不仅体现着造园中顺应物象对意境进行营造，更是造园者对自然环境的尊重、适应与选择，体现着一种朴素的生态观。

匾情楹趣

中华民族是崇尚文化的民族,是文与诗的国度。如果只有自然风景的美,那园林似乎就少了一丝丝灵韵。一个真正能打动人心的好院落,必须要与中国的诗文结合起来,这其中除了诗情画意般的"造景",最重要的就是匾额和楹联了。

园林通过对其中山、水、建筑、植物、道路、室内装饰等要素的有机布局,形成一个凝练、深远、有情趣、有意境、有诗意的环境。楹联是诗词的物质载体,是造园艺术与诗文最直接的结合。古希腊哲人说,"诗是人类面部的表情",那么楹联就是园林的面部表情了。

中华园林历来不乏有文人参与,把建筑环境与文字的有机结合推向了高潮,形成了具有中国民族特色的楹联文化。

园中的题字主要以匾额和楹联为主。匾额多横置门头或墙洞门上,在园林中多为景点的名称或对景色的称颂,以三字四字的为多。楹联往往与匾额相配,或树立门旁,或悬挂在厅、堂、亭、榭的楹柱上。楹联字数不限,讲究词性、对仗、音韵、平仄、意境情趣,是诗词的演变。

我们从几个角度,来欣赏感受一下我国园林中楹联文化的美。

第一,园林中的匾额和楹联有着丰富的文化底蕴,它是园林主人和设计者的心声和思想的写照。比如沧浪亭石柱上的楹联:"清风明月本无价,远山近水皆有情。"是既写景又抒情的杰作。此联由嘉庆间进士梁辛矩所书,上联出自欧阳修的长诗《沧浪亭》,下联来自园主苏舜钦的《过苏州》诗,上下联浑然一体,不留斧痕。

又如,网师园濯缨水阁南墙上有副楹联"曾三颜四,禹寸陶分",乃郑板桥亲书,言简意赅,寥寥数字,发人深省。"曾"指曾参,他有三省:"吾日三省吾身,为人谋而不忠乎?与朋友交而不信乎?传不习乎?"故曰"曾三"。"颜"指颜回,他有四勿:"非礼勿视,非礼勿听,非礼勿言,非礼勿动",故称"颜四"。《游南子》谓:"大圣大责尺璧,而重寸之光阴。"说的是大禹珍惜每一寸光阴。"陶分"指东晋名将陶侃珍惜每一分时光。《晋书·陶侃传》载,陶侃常语人曰:"民生在勤。大禹圣人,乃惜寸阴;至于凡俗,当惜分阴。"也就是要珍惜每一分光阴。该联用极其简练的语言,囊括了广博深邃的内容,时刻激励自己要珍惜大好时光。

苏州留园有一座亭名"濠濮",这其实是一个大有深意的匾额。"濠"字取于庄子和惠子的濠梁问答"子非鱼,安知鱼之乐"的故事,"濮"字取自《庄子·秋水》中庄子垂钓濮水"吾愿曳尾于涂中"的典故,表现了园主对庄子是无心名利、浩然物表的欣赏。

第二,楹联是园主道德品格、文化素养的流露。如苏州拙政园,它的第一位主人是御史王献臣,他直言敢谏,却不讨皇帝欢心,于是不满朝廷,辞官回乡,其园取名"拙政",是取自晋代潘岳《闲居赋》中"筑室种树,灌园鬻蔬,是亦拙者之为政也"之意。园中有很多精彩的楹联传世，如"拙补以勤，问当年学士联吟，月下花前，留得几人诗酒；政余自暇，看此日名公雅集，辽东冀北，蔚成一代文章""生平直且勤，处世和而厚"体现了主人谦虚敦厚的性格特点。

拙政园中的"远香堂"匾额是该处景点的命名，取自北宋周敦颐《爱莲说》中的"香远益清"，意思是荷香传得越远越清淡，表面上是写荷，实际上表达的是主人出淤泥而不染的品格。

第三，楹联也是园主价值观、人生观的体现。清吴云为苏州南半园题联道："园虽得半，身有余闲，便觉天空海阔；事不求全，心常知足，自然气静神怡。"镇江别峰庵郑板桥读书处有联云："室雅何须大，花香不在多。"表达了一种超然物外的达观以及知足常乐的境界。又如可园雏月池馆有联云："大可浮家泛宅，且可随波逐流。"体现了园主的清高自洁。

再如，无锡东林书院有联云："风声、雨声、读书声、声声入耳；家事、国事、天下事、事事关心。"表达了作者国家兴亡、匹夫有责的家国情怀。

第四，匾额和楹联还体现了园主的生活方式。如无锡香草居有联云："何以遣有生涯？或种菊，或艺兰，或蓄水养鱼，避地即仙源，芳序四时开小径；于此间得佳趣，宜敲诗，宜读书，宜临流垂钓，叩关无俗客，小园一角枕梁溪。"园主以园艺、垂钓、读书消磨时光，天真拙朴、平淡闲逸。

从匾额和楹联的文字特色来看：

有的写得气势磅礴——如沧浪亭有联云："商彝周鼎，汉印唐碑，上下三千年，公自有情天得度；酒胆诗肠，文心画手，纵横一万里，我于无佛处称尊。"

有的写得意旨微妙——如南京城北观音阁有联云："松声，竹声，钟磬声，声声自在；山色，水色，烟霞色，色色皆空。"北京潭柘寺有联云："大肚能容、容天下难容之事；开口便笑、笑世间可笑之人。"都是超然物外，禅味十足。

有的写得沧桑厚重——如清代孙髯所撰的昆明大观楼长联曰："五百里滇池，奔来眼底。披襟岸帻，喜茫茫空阔无边！看：东骧神骏、西翥灵仪，北走蜿蜒，南翔缟素。高人韵士，何妨选胜登临，趁蟹屿螺洲，梳裹就风鬟雾鬓；更萍天苇地，点缀些翠羽丹霞。莫孤负：四围香稻，万顷晴沙，九夏芙蓉，三春杨柳；数千年往事，注到心头。把酒凌虚，叹滚滚英雄谁在？想：汉习楼船，唐标铁柱，宋挥玉斧，元跨革囊。伟烈丰功，费尽移山心力，尽珠帘画栋，卷不及暮雨朝云；便断碣残碑，都付与苍烟落照。只赢得：几杵疏钟，半江渔火，两行秋雁，一枕清霜。"上联歌颂了云南一带的大好河山及劳苦农民的辛勤耕耘，下联遥望云南悠悠历史，并抨击了封建王朝统治下的民不聊生。

小小楹联，写尽了人间百态和岁月沧桑。其形式美的背后，也蕴藏着很多深刻的哲理。

首先，楹联讲究对称。不仅在字形、字义上讲究对仗、平仄，还要在上下联之间追求一种递进、升华。这一点和园林很融洽，园林里有很多建筑、形状相仿，位置对称，但是其在时间和空间上，却也有起、承、转、合的关系。

人生又何尝不如是？有时候景同时异、有时候物是人非，不同的人生阶段之间的切换、递进，也像极了对联之间的转合。

其次，楹联讲究含蓄，讲究深藏不露，有弦外之音。这和园林的内敛低调，因情造景，借景成园不谋而合，也暗合了人生应当韬光养晦、谦虚包容。

此外，楹联讲究简洁明了，不赘一字，与园林的一草一木皆有讲究，一砖一瓦都不闲用，人生的一刻光阴值万金，片时莫作等闲过又相类。

楹联点缀着园林，也折射着人生。

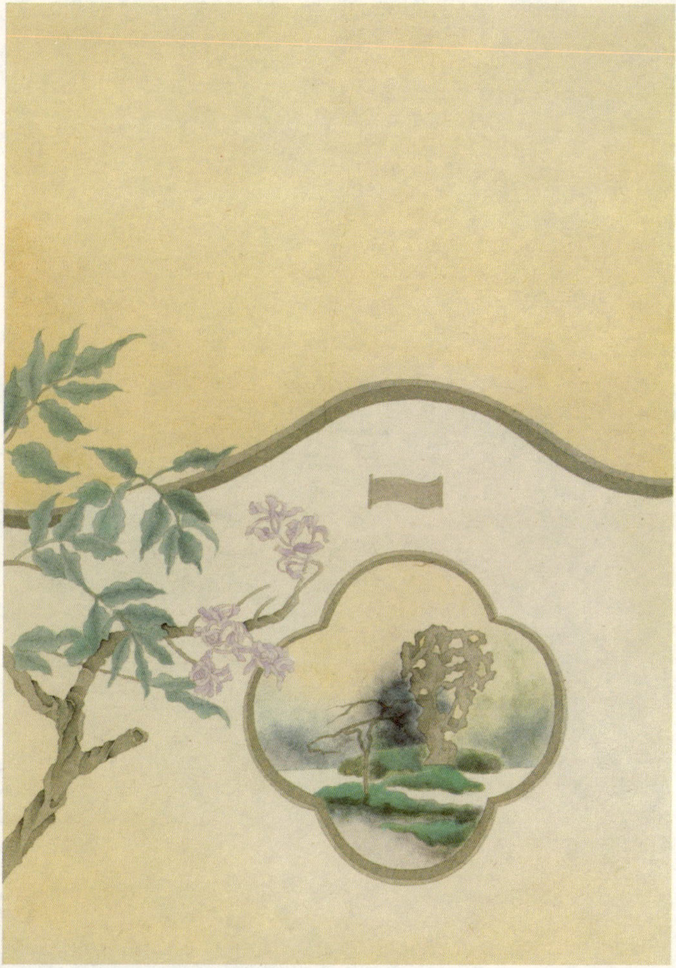

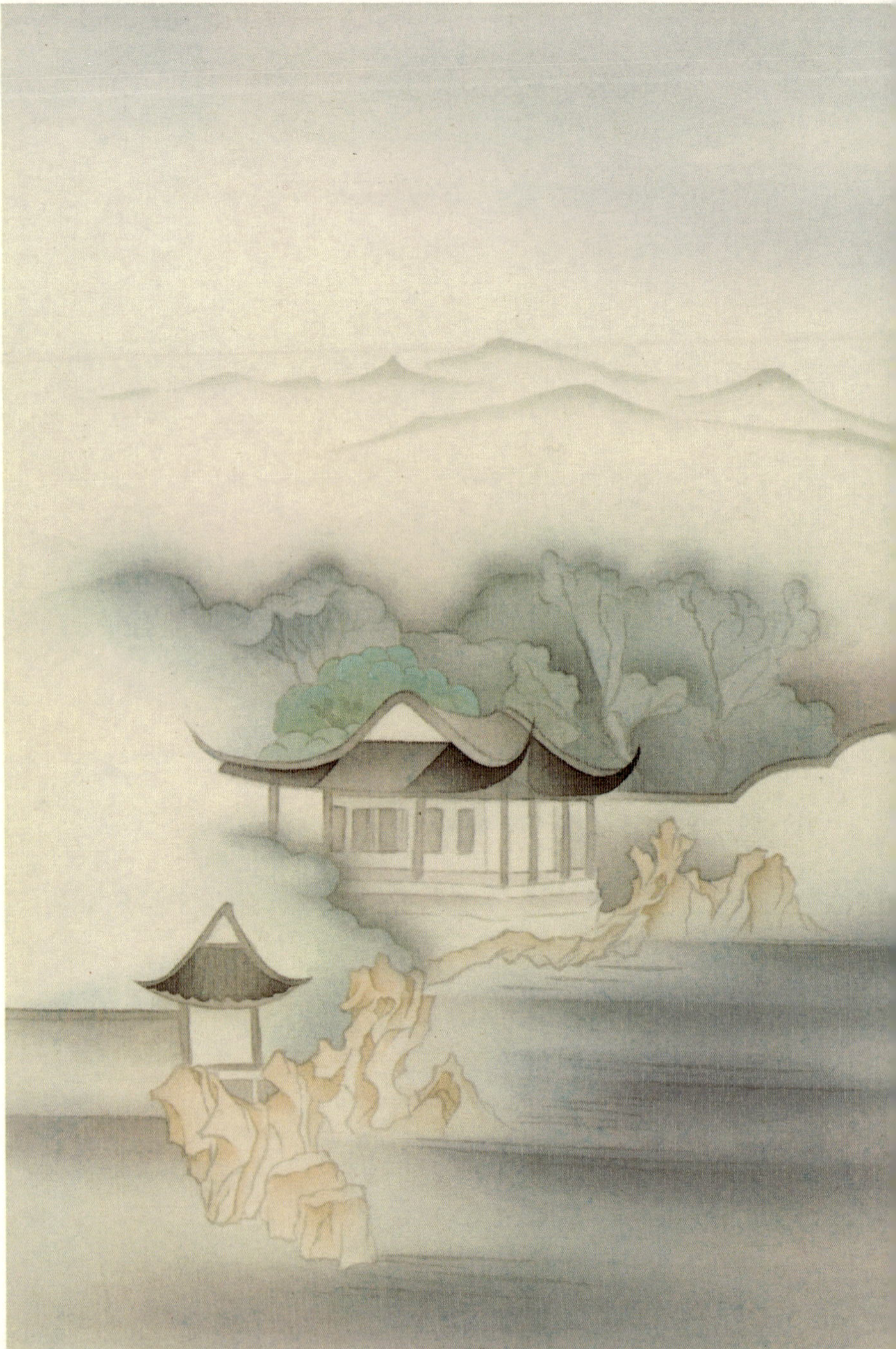

颂

第一节

千金买得半日闲

"因过竹院逢僧话,又得浮生半日闲。"古人的闲暇时光,随手即得。当代社会人们生活节奏加快,闲暇变得可遇而不可求。纵以千金买片刻清闲时光,很多人怕也是求之不得。在这难得的闲暇中,我们应该过怎样的生活呢?在字画中品味古人的情调,在奇石珠玉的宝气中体味自然,还是在跫音鸟语中,寻得一份宁静?

丹青妙笔殊可玩

中国画也称国画,它深深植根于华夏文化的沃土之中,博大精深、源远流长,形成了融汇文化素养、思维方式和审美哲学的艺术体系。良辰美景、深宅幽院、落阳夕烟、婆娑庭树之下,主人开轴舒卷,任意而看,飨目骋心。

看画,讲究"四看"。

第一,看气韵。气韵是指神气与韵味的总和。石涛曰"作书作画,无论老手后学,先以气胜得之者,精神灿烂,出之纸上"。元代杨维桢指出:"故论画之高下者,有传形,有传神。传神者,气韵生动是也。"清方薰则说:"气韵生动,须将生动二字省悟,能会生动,则气韵自在。"

气韵生动,是对作品的总体要求,是艺术达到的最高境界,也是品评、赏析中国画的主要原则。

第二,看笔墨。中国画讲究"骨法",即运用线条作为骨架进行造型的方法。这与中国艺术家对线条的情有独钟和独特感受是分不开的。

中国画以墨为主、以色为辅,笔墨二字几乎成了中国画的代名词。中国画是点、线与水墨的协奏。唐代张彦远在论墨时说:

草木敷荣,不待丹绿而采,云雪飘扬,不待铅粉而白,山不待空青而翠,凤不待五色而卒。是故运墨而五色俱,谓之得意。意在五色,则物象乖矣。

说明墨不仅能决定形象,分出明暗,拉开距离,代替色彩,还能制造画面的气氛。好的画无不在用笔、用墨、用线、用水方面有高妙之处,在画面上显现出浓淡干湿变化。古人说得好,"干裂秋风,润含春雨",就是这个道理。

第三,看章法。画的构图有多种形式,东晋顾恺之称之为"置陈布势",谢赫则称之为"经营位置"。提法虽有殊,但其含意相同,都强调了构图的重要性。构图的来源是生活、是眼界、是修养、是格调，它不受时间和地点的限制，不求物体具象，只求构思和形象入"理"，讲究稳中求奇，险中求稳。

第四，看融合。画与诗、印章等融合，有更强更深的表达张力。绘画史称唐代王维是诗画结合的创始人，他说自己是"宿世谬词客，前身应画师，不能舍余习，偶被世人知"。苏轼说："味摩诘之诗，诗中有画；观摩诘之画，画中有诗。"

宋徽宗的《芙蓉锦鸡图》，左下角秋菊一丛，稍上斜偃芙蓉一株，花鸟锦鸡依枝，回首仰望右上角翩翩戏飞的双蝶，顺着锦鸡的目光，导向右边空白处的诗题："秋劲拒霜盛，峨冠锦羽鸡；已知全五德，安逸胜凫鹥。"全图开合有序，诗弥补了画未尽之意，画因诗更显圆满。

文徵明《清秋访友图》系青绿山水图，画面以石绿、花青染树，以淡墨、花青、赭石晕染山峦，山涧水流清澈，在这古朴雅静的环境中，好友二人在岩石旁青草坪上赋诗闲聊，其中红衣白裳，格外显目。单从画面设色构图看，"万绿丛中一点红"有点孤立，画家在画面右角题款处押署"徵明"一方朱印，使画面顿时生辉，与人物的红衣裳相互呼应。

传统文人的悠游态度、闲逸情调、仗义作风、散淡精神构成了他们饱满的个性。与那些富含文化基因、历史情愫的艺术品朝夕相伴，能提升人的气质和品格。能够在自家宅院、私人书房里拥有一件艺术感和历史感兼具的作品是很多园主的梦想。

好的艺术品，往往能引起人们的竞相追求。

清末民初，华夏大地上曾涌现出众多收藏大家，其北方以民国四公子之一的张伯驹先生为巨擘，南方以庞莱臣先生执牛耳，形成"南庞北张"的格局。庞莱臣保护国宝的故事也在坊间流传甚广：

曾有位日本富商看中了庞莱臣的一件藏品，多次找人做说客，价格一涨再涨，最后涨到只要庞莱臣开口就决不还价的地步，但庞莱臣始终没有松口。在抗日战争期间，庞莱臣觉得大批名画放在老家不安全，他独自一人带书画坐船到上海，甚至因此与家人失散。新中国成立后，庞家的后人将这大批国宝珍品捐给了国家。

中国画常用留白手法突出主体，增加观者的想象空间。在园林景观设计中，通过这种方式，既能够突显园林景观的基本功能，又能够营造出特殊意境，提升观者的感受体验。例如，在苏州留园入口处，运用了留白的艺术手法，通过空间开合曲折和光线的明暗变化，利用漏窗让游园者欣赏到园内若隐若现的景致。

中国画讲究景深和层次节奏感，很多园林就借鉴了这种手法。比如颐和园，将建筑、树木、桥梁等景观进行分层设置，从视觉上增加景物的深度，使游园者产生深远感。将湖岸的松树、枫树、柳树等进行分层设置，形成了明显的空间层次。不同的树木在颜色上存在一定差异，因此形成了相应的色彩层次。

对书画艺术有了独到的理解，也能让主人在园林布局和设计上更有心得。中国画讲究寓情于景、借景生情，追求意境高远、空灵之美。用这种写意手法布置的园林，有一种"深山藏古寺"的空灵幽远之感。了解到中国画的这些创作技巧，对欣赏园林会有潜移默化的作用。

苏州名园环秀山庄尤以假山闻名，它就是继承了清代名山水画家石涛的"笔意"，因而所叠假山既有远山之姿，又有层次分明的山势肌理，全园空间紧凑，布局巧妙，构成了一个封闭而宁静的小天地。

在书房、客厅中合适的位置，挂上一轴画，闲来平心静气，欣赏品摩，何等赏心悦目！若复能邀二三好友，共同研看，那就更有意蕴了。

爱此一拳石

小小的石头，在不同的人眼中，会有不同的世界。石头的形状、材质、花纹、大小都各有不同，形成了自己独特的性格，也吸引了中国传统文人的喜爱。在中国，赏石艺术具有悠久的历史，随着历代文化名流的把玩和传播，我国的赏石艺术形成了鲜明的民族特色和文化内涵。

陶渊明在自己的草庐旁边的菊花丛中，安置了一块大石头，该石一丈见方，非常平滑，深得陶渊明的喜爱。陶渊明每次喝醉了，就步履蹒跚地走到大石头旁边,边欣赏菊花,同时大发诗兴,吟出了一首首隽永的诗篇。陶渊明爱喝酒,他觉得这块大石头能让他醒酒提神,还能激发自己的创作灵感,就给它取了个名字,叫做"醒石"。

到了唐代,赏石之风越来越流行。不管是诗人画客,还是达官显贵,都喜欢欣赏奇石。

在小小的石头中,一代诗人白居易倾注了自己的人生感慨和精神寄托。俗世的不得志,让白居易在晚年辞官闲居洛阳时,与石头结成了深厚的友谊。白居易为后世留下了三千多首脍炙人口的诗篇,其中关于石头的就有《双石》《太湖石》《问友琴石》等多篇。白居易不仅喜欢写石,还喜欢玩石、咏石。他在《太湖石记》中关于石的描写,成为千古绝唱:

厥状非一:有盘拗秀出如灵丘鲜云者,有端俨挺立如真官神人者,有缜润削成如珪瓒者,有廉棱锐刿如剑戟者。又有如虬如凤,若跧若动,将翔将踊,如鬼如兽,若行若骤,将攫将斗者。风烈雨晦之夕,洞穴开颏,若欲云喷雷,嶷嶷然有可望而畏之者。烟霁景丽之旦,岩堮霮,若拂岚扑黛,霭霭然有可狎而玩之者。昏旦之交,名状不可。撮要而言,则三山五岳、百洞千壑,尔见缕簇缩,尽在其中。百仞一拳,千里一瞬,坐而得之。此其所以为公适意之用也。

文中对石头千奇百怪的形状做了细致入微的描绘,成为我国赏石文化中,最重要的文献之一。

《太湖石记》中提到牛增孺痴迷太湖石：

公（牛增孺）以司徒保厘河洛，治家无珍产，奉身无长物，惟东城置一第，南郭营一墅，精葺宫宇，慎择宾客，性不苟合，居常寡徒，游息之时，与石为伍。

记述了牛增孺喜欢园林，不积财产，与石头为伍的佳话。牛增孺和李德裕都曾在晚唐身居宰相高位，因政见不同，党争达四十多年，但是在对奇石的欣赏癖好上，却又惊人的一致。

牛增孺沉迷太湖石，李德裕甚至有过之而无不及，他曾在洛阳城郊置办了一座平泉山庄，广集天下的珍草奇石陈列其中，专供赏玩，成为一大奇观。他的园子里，不仅有太湖石、巫山石、罗浮山石、泰山石，还专门将石头布置成各种名山大岳的形状。李德裕咏石的诗文更多，其中名篇就有《题奇石》《似鹿石》《忆平泉树石杂咏》等。

李德裕不仅爱石，也爱庄园，他曾经花费了大量心血建成了他的平泉山庄，这个山庄后来成为了他一生美好的回忆。他曾在《平泉山居戒子孙》中写到自己建立山庄的经过：

前守金陵，于龙门之西，得乔处士故居。天宝末避地远游，鞠为荒榛。首阳翠岑，尚有薇蕨；山阳旧径，唯馀竹木。吾乃剪荆榛，驱狐狸，始立班生之宅，渐成应叟之地。又得江南珍木奇石，列于庭际。平生素怀，于此足矣。

他感叹道能在这座园子里,与江南的珍木奇石共度余生就已经知足了。令人感慨的是,李德裕很快被贬为东都留守,在平泉山庄没住多久,很快就被贬为潮州司马,旋即又贬崖州司户参军,一年以后,六十三岁的李德裕在崖州病逝了。临终前,他将一句"鬻平泉者,非吾子孙也"留给他的后代——卖掉平泉山庄的,就不是我李德裕的子孙。可见,他对自己的庄园,是多么喜爱。

历代文人对园林和奇石的喜爱都是一脉相承的。宋朝的大书法家米芾诙谐古怪,潇洒超脱,当时人称他是"衣冠唐制度,人物晋风流"。就是这样一位风骨不凡的书法家,对石头的喜爱达到了如痴如醉、似癫似狂的程度。

他任无为州监军的一天,见到衙门内一块大石头非常奇特,就兴奋地大叫起来:"此足以当吾拜!"意思是这个大石头实在是值得我顶礼膜拜啊。于是命人为他换上官衣官帽,他手握朝板,竟倒地下拜,并称呼石头为"石丈"。后来他听说城外的河边有一块石头奇丑无比,他就命人将它搬到自己的府衙,见到丑石后,米芾竟然得意忘形,倒身下拜,仿佛是见到了自己失散多年的知己老友,说:"我欲见石兄二十年矣!"

《宋稗类钞》一书中记载了一则有意思的米芾拜石的故事。米芾为了得灵璧石,便请求到涟水任职。到任后,他一心收藏奇石,并为每一块奇石赋诗一首。他玩石玩得神魂颠倒,整日不出画室,根本不理公务。上司杨次公前来规劝，正色对米芾说："你身为朝廷命官，千里之外来到这里，是要你勤于公务，你怎能整日玩石？"米芾从左边的衣袖里取出一块石头，嵌空玲珑，峰峦洞壑皆具，色极青润，对杨次公说："这样的石头怎么能叫人不爱！"说着，他又从衣袖中取出另一块石头，叠嶂层峦，更为奇巧。紧接又取出第三块……再对杨次公说："这样的石头怎么能叫人不爱！"哪知，杨次公突然高兴地说："这样的奇石不光你一个人爱，我也很爱。"说着，竟然从米芾的衣袖中抢过三块石头，抱在怀中上车"逃"走了。

虫鱼有真趣

主人在幽静的院落里，不唯以读书、饮酒、品茗、会友为乐，还要有些个物事儿，在闲暇的时候陪陪自己，不只是为了增加院子里的活力和灵气，更是为了伴着自己度过一季季不一样的春秋冬夏。

闲来能找些什么乐子呢？都说琴棋书画、花鸟虫鱼是高雅的玩法，今天就单说说这后两者吧。养养蚕、抓抓蝴蝶、斗斗蛐蛐、看看金鱼，听起来好像"很俗"，实际上，也"雅"得很。

一、养蚕

闲来养蚕，不是为了缫丝、织绸，而是为了玩儿。欣赏那破蛹成蝶的生命历程是一件特别有趣的事。看蚕吃桑叶也是个乐子：它会从叶子边上开始啃,眼瞅着缺口越来越大,没多久就刷啦啦啃去一大片,不停地吃,吃完一张以后,再爬到另一张叶子上接着吃。一口气可以吃上三天,就僵住不动了,昂起头立起身子,进入"禅定状态",准备蜕皮。

生生蜕掉一层皮是极痛苦的事,必须经历才能成长。有的蚕聪明,能把尾巴黏在桑叶上,身子一伸一缩不停挣扎着向前蠕动,很快就把发黄发皱的老皮剥离下来缩成一小段,一条青白的新身子破蛹而出。有的蚕笨一点儿,拖着旧皮囊,蠕动着,打着滚儿,可就是甩不掉。幸运的碰巧被叶子挂住了,一下子蹿出来也就活了,不幸的实在挣扎不过,也就死了。对蚕来说,每一次蜕变都是一次阵痛,活过来的就迎来一次新生。而我们人,只用区区一个季度,就阅尽了蚕的一生。

二、逮蝴蝶

虽然蝴蝶不会叫,也不好拿在手里玩,但是逮蝴蝶本身却是一件很有意思的事情。天刚一暖和,一些青白色的菜粉蝶就光顾到院子里来了,悄无声息地飘荡在花花草草之间,为这春天的院落增添了几分灵动和活泼。趁它落在花枝上时,脱下衣服来展开往上一罩,轻轻把蝴蝶包拢在里头,再伸手进去把它捏出来。不过这样容易弄脏衣服,也容易弄脏蝴蝶。倒是还有个聪明的办法:找一张很薄的白纸剪成蝴蝶的模样,用细铁丝拴在小细棍的头上举着,看见蝴蝶就朝着它不停地挥动。不一会儿,准能有几只蝴蝶绕着纸片飞来飞去,把它们引到屋子里去,蝴蝶们就只能束手就擒了。

宋代诗人杨万里在《宿新市徐公店》中记下了几个小孩子抓蝴蝶的趣事:

篱落疏疏一径深,树头新绿未成阴。儿童急走追黄蝶,飞入菜花无处寻。

三、斗蛐蛐

七夕之夜,织女星当空闪亮,草棵里的蟋蟀开始振翅鸣唱,似乎在催促着女子们该准备织布了,古人把蟋蟀叫作"促织",说的就是这层意思。一般人还是把这种会"唱曲儿"的虫儿叫作蛐蛐。

比之听蛐蛐唱曲儿,人们更醉心看它掐架。中国人自古以来喜欢斗蛐蛐,唐代诗人叶绍翁的名句说:"知有儿童挑促织,夜深篱落一灯明。"

为了能观赏到激烈的角斗场面,人们会把那小精灵逮回来悉心饲养,并形成了一整套规矩和讲究,怎么逮、怎么养、怎么斗,都有着专门的传授。甚至有以伺候蛐蛐为业的蛐蛐把式,罐、盆、过笼、水槽等等器具跟古董一般考究,斗虫儿可以上升为一种文化。

逮住那漂亮的蛐蛐轻轻装进纸筒,赶紧拿回家放进蛐蛐罐,要不然它能把两层厚的纸咬个大窟窿。蛐蛐罐的说道可就太多了,养蛐蛐要用宽大的养盆，带蛐蛐得使细瓷起盆，斗的时候有专用的特大号斗盆。

两只蛐蛐往一个大罐里一放，就像仇人见面一样，立即龇开黑红色的大牙互相示威。轻轻用探子挑逗蛐蛐须，一场战斗即刻开始。蛐蛐也有蛐蛐的武艺，什么夹钩闪躲抱箍滚，牙咬须晃大夯踹……有那机灵的，一开始静若处子，躲着对手在盆边打转，等到对手稍一懈怠，猛蹿过去咬着它大夯不放，一战即胜。也有那狠的，斗起来两条大夯使劲弓着，前面四个小腿腾空，拿两个大尖牙一直往前推着对手咬，直到它落荒而逃才摇晃着长须"滴滴滴"振翅鸣唱，以示占了上风。

宋代诗人顾逢在观看孩子们斗蛐蛐后，用一首诙谐灵巧的诗记录了下来：

微虫亦可伤，何事苦争强。百胜终归死，一秋空自忙。
吟残庭际月，冷怯草根霜。不入儿童手，谁能较短长。

不光平民百姓喜欢斗蛐蛐，历史上甚至出了一位"蛐蛐皇帝"，那就是明宣宗朱瞻基。其实这位皇帝勤于政事，也很开明，就是有个喜欢斗蛐蛐的爱好。吕毖的《明史小录》中记载："帝酷好促织之戏，遣取之江南，其价腾贵，至十数金。"看来，如果要是有谁说"斗蛐蛐"太俗，我们只好搬出来这位"蛐蛐皇帝"的典故来啦。

四、养金鱼

养金鱼就得用心伺候着,每天要晒水、换水、喂鱼虫,连抄去水面的脏东西都讲究顺着几圈、逆着几圈,以免不换方向让鱼的尾巴长歪了。白天怕猫去抓鱼,大瓦盆上要遮上铁丝网,下雨的时候还要盖上木盖子,三伏天中午怕鱼晒着要在铁丝网上苫上苇席,等到天冷了还得把鱼挪到屋里的缸里以免冻死。

养金鱼的乐趣在于赏,观赏它漂亮的色彩、丰富的身形,观赏它漂荡在水中优哉游哉的舞姿。这种观赏是以俯视的角度去看的,这才是人在自然里看鱼的状态,所以最好就是养在露天的大缸里。要是像热带鱼一样放进屋里长方的玻璃缸里,那只能看侧面,反倒透着不讲究了。

说起看鱼,古人有首特别出名,又特别"另类"的诗,既描写了游鱼,却又不仅仅是写鱼:

江南可采莲,莲叶何田田。鱼戏莲叶间。
鱼戏莲叶东,鱼戏莲叶西,鱼戏莲叶南,鱼戏莲叶北。

这回环往复的诗句,就像游来游去的鱼儿一样,牵引着人们的目光,也牵引着人们的思绪。

飞鸟相与还

美国科普作家蕾切尔·卡逊创作的一本科普读物曾经在全世界范围内激起了共鸣,这本书就是《寂静的春天》。在书中,作者感叹环境的污染对环境造成了破坏性的影响,很多动植物都因失去赖以生存的环境而消亡甚至灭绝,人类的春天正在变得越来越寂静。

这种现象,在当今的中国也不无发生。跟古人比起来,现代人的春天里似乎少了很多花香、绿草、跫响和鸟鸣声。然而,有传统文化情怀的人们,还是像我们的先辈们一样,追求一种"蝉噪林逾静,鸟鸣山更幽"的生活境界。

鸟,因灵动而可爱,在中华传统文化中,拥有重要的位置,是诗人画客的最爱,也是他们的灵魂归属之一。

《诗经》的开篇,也是最著名的一篇《关雎》就是写鸟的,一句"关关雎鸠,在河之洲。窈窕淑女,君子好逑",这优美的关雎声里,成了中国人流传千古的爱情理想。

《诗经·小雅》中还有一篇《黄鸟》诗,写道"黄鸟黄鸟,无集于谷,无啄我粟"。可见,鸟作为古代诗歌的一种常见意象,不仅寄托了人们的感情,还真真切切地与人们的实际生产生活水乳交融在一起,不可分割。

鸟是爱动的,却让人内心更加幽宁,所谓"蝉噪林逾静,鸟鸣

山更幽"。王维的《鸟鸣涧》更是在听觉和视觉上,为我们构建了更真实的体验:

人闲桂花落,夜静春山空。月出惊山鸟,时鸣春涧中。

月亮在山谷中露出影子,把山里的鸟惊得又飞又叫,这不但不让人觉得喧闹,反而让心头多了一丝安宁和平和。

飞鸟,是陶渊明的朋友,在退居田园后,陶渊明每天与小鸟一起,种豆南山,采菊东篱:

采菊东篱下,悠然见南山,山气日夕佳,飞鸟相与还。

或许是在小鸟们的身上,找到了自己的影子,陶渊明还时常以鸟自比,"羁鸟恋旧林,池鱼思故渊"是他对故乡的思念,"凄凄失群鸟,日暮犹独飞"是他孤傲的宣言。

小小的飞鸟,寄托了多少复杂的情感。有"飘飘何所似,天地一沙鸥"的孤独,有"感时花溅泪,恨别鸟惊心"的惆怅,有"细雨鱼儿出,微风燕子斜"的惬意,也有"谁怜一片影,相失万重云"的彷徨。

四季风物各异,四季的鸟也各有可赏。

春天的鸟,有勤劳的,也有闲散的:"泥融飞燕子,沙暖睡鸳鸯。"有唯美的:"落花人独立,微雨燕双飞。"有多情的:"莺啼如有泪,为湿最高花。"也有动听的:"留连戏蝶时时舞,自在娇莺恰恰啼。"

秋天的鸟——"秋风起兮白云飞，草木黄落兮雁南归"，曾横飞万里，远离故乡；"戍鼓断人行，边秋一雁声"，曾战地聆鼓，啸断人肠；"栖鸦流水点秋光，爱此萧疏树几行"，曾月华疏影，点缀秋光；"众鸟高飞尽，孤云独去闲"，曾斜倚闲云，看人神惆。

夏天的鸟，可以乘荫清鸣："绿阴不减来时路，添得黄鹂四五声。"也可以百转萦回："菱透浮萍绿锦池，夏莺千啭弄蔷薇。"有时困扰于炎炎烈日："竹摇清影罩幽窗，两两时禽噪夕阳。"有时又幽游于习习凉风："风约帘衣归燕急，水摇扇影戏鱼惊。"

冬天的鸟，不妨浩杳高远："两个黄鹂鸣翠柳，一行白鹭上青天。"不妨远遁行迹："千山鸟飞绝，万径人踪灭。"也不妨轻身掠影："一点飞鸿影下，青山绿水，白草红叶黄花。"

北方的鸿雁，在冬日的寒风中御云而行："千里黄云白日曛，北风吹雁雪纷纷"；在万里长风中，激起诗人的情思："长风万里送秋雁，对此可以酣高楼"；甚至高冲神岳："荡胸生层云，决眦入归鸟"；甚至夜瞰战场："月黑雁飞高，单于夜遁逃。"

江南的雨燕，花开时节，双宿双飞，一起衔泥筑巢，让人想起美好的爱情。

五代的牛峤在《忆江南》词中写道："忆泥燕，飞到画堂前。占得杏梁安稳处，体轻唯有主人怜，堪羡好因缘。""在天愿做比翼鸟，在地愿为连理枝。"甚至成了千百年来中国人的爱情誓言。

杜甫的《江村》诗，描绘了江南百姓们在清江幽村、梁燕水鸥中与老妻、稚子、故人的安闲生活：

清江一曲抱村流，长夏江村事事幽。自去自来梁上燕，相亲相近水中鸥。

老妻画纸为棋局，稚子敲针作钓钩。但有故人供禄米，微躯此外更何求？

有人因为怕失去这美丽的鸟儿，就把它关在笼子里。这样做虽然免去了逃逸之忧，却减少了很多乐趣。欧阳修的《画眉》诗，描述的正是这件事：

百啭千声随意移，山花红紫树高低。始知锁向金笼听，不及林间自在啼。

鸟的美，在于灵动和自由，少了灵动和自由的鸟，它们的美，当然要大打折扣了。

在静谧的小院，惬意而闲适的你，是否也在期待着一只鸟儿，或轻身一掠，或婉转一鸣，来打破寂静，打开你悠悠的思绪呢？

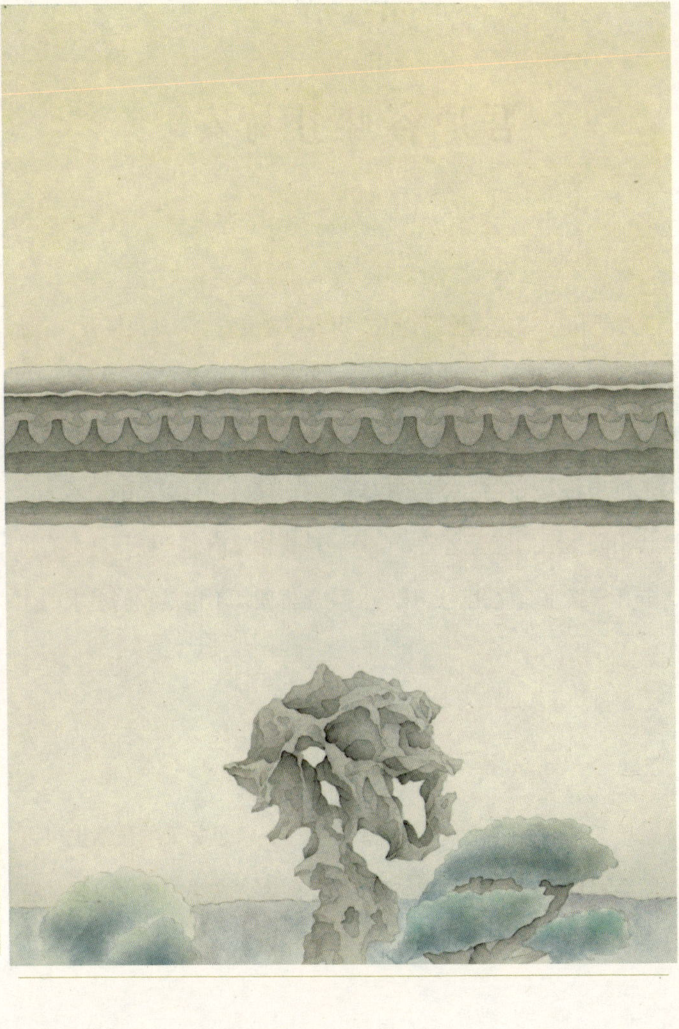

第二节

吾庐容膝且易安

陶渊明说:"倚南窗以寄傲,审容膝之易安。"刘禹锡云:"斯是陋室,惟吾德馨。"若主人气节独高,不慕浮华,清心寡欲,那就算身栖茅屋,寓居苇舟,也能体安心适,自成绝响。但是,随着社会的进步和人民生活水准的提高,对居住条件有更高的追求,也是现代田园生活的应有之义。一桌一椅皆含雅韵,一橱一凳都有讲究,一几一案富有文化,一床一柜满蕴哲理,不也是我们追求的生活吗?

一桌一凳也风流

家具,对于我们每个人来说都不陌生,甚至每天的生活也可以说是围绕家具而展开的,但大家或许不知道,在小小的家具里,蕴含着深厚的历史文化。让我们一一来看。

一、桌、案

"桌"这个字,在古代也写作"卓",本意为"高而直",后来被人们引申为"不平凡"的意思,常常形容人的能力或品格出众。

与桌类似的,还有"案"。它们的区别在于腿的位置,腿缩进去的为"案",直接与四角连接为"桌"。

两种器物同为承具,结构也差不多,但是古人却将它们分得很清楚。"案"常常被认为比"桌"有更高的精神层次,这从一些常用词中可以看出来,比如"拍案叫绝""举案齐眉""无案牍之劳形""拍桌打凳""拍桌子瞪眼"等,体现出来的情绪似乎也有明显的雅兴和粗鲁的倾向。

后来,"案"主要偏向于其陈设功能,实用功能就相对降低。相反,"桌"的实用功能却越来越强了。

"桌"很少受到古代文人的赞美,"案"却受到了非常多的赞誉,留下了很多诗篇。伟大诗人白居易,曾经在《霓裳羽衣歌》中为我们描述了"案"的香美:

舞时寒食春风天,玉钩栏下香案前。案前舞者颜如玉,不著人家俗衣服。

二、几

"几",是个象形字,看到字,就大概知道家具的样子了——"一根横木，平直或中间微凹，有两足。""几"是古时人们依凭身体以便休息的器具，也可以放一些随手的物品。

最初的几面较窄，高度与坐身侧靠或前伏相适。古时候不同地位的人，"几"的功用也不尽相同："汉制天子玉几，冬则加绨锦其上，谓之绨几，公侯皆以竹木为几，冬则以细罽为稿以凭之"。

再后来，"几"逐渐演变为放置小物件的承具，如花几、香几、琴几、茶几、书几等。宋代朱敦儒曾写诗描述过自己的闲居生活，提到了这些小小的家具：

日长几案琴书静，地僻池塘鸥鹭闲。

三、床

在商代甲骨文中便已经有了"床"的象形文字，可见床的起源较早。相对于其他家具，床在人们生活中发挥着更多、更重要的作用。

最初，床的功用绝不仅仅止于睡觉，甚至可以成为人们写作、读书、饮食的场所。唐代出现桌椅后，人们的生活饮食才渐渐变为坐椅就桌，床上的活动也少了许多。

床，不仅承载着人们困意疲惫的身体，还承载着人们的精神世界。

床前的月光如霜，曾引起李白的故乡之思：

床前明月光，疑是地上霜。举头望明月，低头思故乡。

闲卧石枕，在夏雨绵绵的夜晚，邀好朋友来同住，也是令人憧憬的。我们看白居易的《雨中招张司业宿》：

过夏衣香润，迎秋簟色鲜。斜支花石枕，卧咏蕊珠篇。
泥泞非游日，阴沉好睡天。能来同宿否，听雨对床眠。

对床听雨，自古以来是文人所爱，苏轼曾写诗赠自己的弟弟子由：

对床定悠悠，夜雨空萧瑟。起折梧桐枝，赠汝千里行。

后来他又感叹道："孤负当年林下意，对床夜雨听萧瑟。"卧床听雨能荡涤心灵，想必宋代的韩淲也是同意的，他的《好事近》写道"见说对床夜雨，世间尘都扫"。

床的形式也有多种多样。有胡床——"闲倚胡床，庾公楼外峰千朵"（宋·苏轼）；有绳床——"每思闻净话，夜雨对绳床"（唐·郑谷）；有藤床——"藤床纸帐朝眠起，说不尽无佳思"（宋·李清照）。

任你是久客异乡、愁思辗转、夜不能寐的乱世游子——"明月何皎皎，照我罗床帏。忧愁不能寐，揽衣起徘徊。"还是学富五车、藏书满床的盛唐才子——"寂寂寥寥扬子居，年年岁岁一床书。"当深夜床卧，夜色阑珊，都难免激起内心那一丝丝涟漪。

四、柜

古人为器物命名很讲究，如果有相似的家具却有着有不一样的名字，那一定是有考量的。

柜、格、橱、箱都是储物类家具,但是功能和形制上各有细微的差别:长时间的储物用柜,短时间的储物用格,格没有门,有时候也叫"架",比如"书架"、"书格"。

橱、柜大体是同一类型的家具,但由于地域不同,叫法也不太一样。有的地方叫"橱",有的地方叫"柜",它们都有着强大收纳功能。

当代诗人席慕蓉,曾写过一首叫《柜》的散文诗:

> 那柜是克难式的,窄狭而有些谦卑地隐立在房的一角。一个橙红小圆牌悬摆着的,就是那小小晶莹的钥匙,轻轻做一旋转,柜门未开柜中的小灯暖暖地光亮了起来。衣架上挂着的是我柔软的裳。每开一次柜门,就兴起心中的一阵激情,使我轻轻地拢那秋香绿的裙摆,使我紧紧握那抖动着的褶纹。我穿着它来,我也要穿着它走出这重重又重重的门庭……

五、板凳、火炉

板凳是小小的物件,在经济情况一般的家庭中更常见。有一首小诗描述了小小的板凳:

> 四腿叉地腰板强,平稳屹立任你扛。造福世人默弓背,不与沙发论短长。

诗歌颂了小板凳的忍辱负重和勇于担当,也比喻了劳动人民与世无争却顽强不屈的精神。坐在板凳上当然不如坐在沙发上舒服,但是也能提醒主人不忘自己的初心,我国近现代著名的史学家范文澜先生有一个座右铭"板凳宁坐十年冷,文章不写半句空",体现了他严谨踏实、不慕虚名的治学态度。

在寒冷的冬日,生起来红泥小火炉,不仅让人身上生暖意,眼中心里也都有美的享受。苏东坡专门写过一首描写炉子的词:

金炉犹暖麝煤残。惜香更把宝钗翻。重闻处,余熏在,这一番、气味胜从前。

背人偷盖小蓬山。更将沈水暗同然。且图得,氤氲久,为情深、嫌怕断头烟。

家具的摆设,既为主人提供了生活娱乐的空间,也体现着主人的性格。钱钟书先生心怀潇洒,对家具的摆放也比较随意,他曾写道:

曲屏掩映乱书堆,家具无多位置才。容膝易安随处可,不须三径羡归来。

不知道书卷之前的你,对于家具又有怎样的理解和感悟呢?

中国传统家具的发展

家具虽然看似无关紧要,却与人们的生活息息相关。从席,到榻,到床;从地,到凳,到椅,而后更有屏、几、案、架、箱、柜等功能型家具被不断发明出来，随着人们生活水平的提高，越来越多的家具已然成为了人们生活中不可或缺的组成部分。

从旧石器时代的居无定所，到新石器时代的日出而作、日落而息，安居下来的祖先们的居住条件极其简陋。房屋低矮、狭小，于是诞生了传统的席地坐卧的起居方式，并且延续了数千年。

木结构建筑出现后，家具随之得到发展。夏、商、周三代，中国演绎了灿烂辉煌的青铜文化。从商、周两代的青铜器中，可以看到像几、俎这样的青铜礼器，其实是后世家具中的几、案、桌、箱、橱的母体形象。此时期青铜家具质朴浑厚、神秘威严，以饕餮纹、蝉纹、云纹等为主的装饰纹样和图案有力而凝重。

春秋、战国时期，随着手工业的发展，髹漆工艺已达到相当水平，漆木家具开始出现。当时的竹席、床、几、案、屏风、箱等低矮型漆木家具色彩艳丽，以黑色为底，配以红、黄等颜色，装饰以浮雕的四方连续图案，简单朴素而不失华美。

秦汉时期，家具的类型发展到床、榻、几、案、屏风、柜、箱和衣架等。但由于席地而坐，几、案、衣架和睡眠的床、榻都很矮。至东汉后期，胡床由西域传入中原，人们的起居方式由席地而坐开始向以床榻为中心的生活起居方式转变，家具的品种和样式也由低矮型家具向渐高型家具演变。

魏晋南北朝时期，军阀混战频仍，也促进了各民族、教派间文化艺术的交流与融合。这对当时的思想、文化生活都产生了重大的作用。

"席地而坐"是魏晋以前中国人固有的习惯,从东汉时期开始,随着东西各民族的交流,新的生活方式传入中国,"垂足而坐"的形式由于更方便、更舒适,为中国人所广泛接受。

胡床、椅子、方凳、圆墩等高型坐具从少数民族地区传入,与中原家具相融合,出现了渐高型家具,为隋唐五代垂足而坐起居方式与席地而坐起居方式的并存奠定了基础。

这一时期,出现了各种形式的高型坐具,如扶手椅、方凳等,床、榻亦开始增高加大,有的上部还设顶帐、仰尘,四面围置可拆卸矮屏,下部多以壶门为饰。床上除有供倚靠的凭几外,还出现了作为垫腰之用的隐囊以及供坐时扶靠的曲几。

隋唐、五代时期,政治稳定,手工业发达,社会经济繁荣,推动了家具形制的变革和种类的进一步发展。这一时期,长凳、圆凳、方凳、扶手椅、靠背椅、圈椅等家具已很普遍,高型桌案也应运而生。此时就家具形制而言大多造型硕大、装饰华丽、手法丰富,出现了高低家具并用的局面。

五代时期,"垂足而坐"的生活方式逐渐普及,高型家具开始成熟,并慢慢形成较完整的高型家具组合。五代时期,随着社会审美风尚的变化,家具风格一改唐代家具华妍、厚重、圆润的风格,变得简洁朴素，为宋代家具形成简练的风格奠定了基础。

宋代，农业、手工业、建筑及科技得到迅速发展，城市规模不断扩大，宫殿、亭榭及园林等工程繁多。"垂足而坐"的起居习惯逐渐流行开来，以桌、椅、凳为中心的起居格局在这一时期已经形成。受宋代高型家具的影响，辽、金两国的家具也呈现出高型化趋势。

元代家具造型和工艺上受蒙古族崇尚武力的影响，形体厚重雄伟，雕饰繁缛华美。宋元家具的发展为明清家具走向中国家具艺术巅峰，从"人文"与"技术"两方面都奠定了坚实的基础。

宋元家具部件之间多数以直线形榫卯接合而成，简洁而工整，造型多采用方正形体，比例优美。装饰上不做大面积繁缛的雕镂，仅在腿部和线脚上做局部装饰性的简单刻画，质朴而文雅。观其外简洁刚直，观其内隽永挺秀，其朴素雅致的艺术风格与宋元人简洁朴素的审美观相契合。

明朝是中国历史上又一个稳定富强的时代，被称之为中国封建社会的余晖。当时人文主义的兴起，市场经济的繁荣，富庶而丰富的市井生活，是明式家具艺术成就取得的间接因素。

城市中园林营建高潮的兴起，发达的海外贸易带来了大量优质硬木材，生产技术的大幅度提高，重视个人感受的审美思想和审美趣味。明式家具在选材、结构、构造、装饰等方面比宋代家具更趋完美和凝练。

在家具与环境的关系方面，明式家具发展出了适合于书斋、厅堂、卧室等不同环境的成套家具。明式家具已突破了狭隘的单件家具的概念，具备了从单件到组合，从局部到整体乃至整个空间环境的总体设计意识。明式家具已成为室内装饰和环境设计的重要组成部分，并通过家具与环境间的相互关联来体现明式家具的总体风格。

清朝早期的家具直接承袭明代的传统，形制、风格与明式家具无多大区别。但到了雍乾时期，开始走向奇形巧制，繁纹重饰，从而形成了中国传统家具的另一种主流样式——清式家具。

工艺上，清式家具已经炉火纯青，从构件的衔接到描写绘饰都不逊于明代，并有所发展。但随着社会富庶程度的增加，等级礼制的强化，家具偏离了实用，体现为一种矫饰媚俗和奇形雕琢，却逐渐丧失了明式家具的朴实、古雅、自然的艺术魅力。

优雅的明清家具

"随方制象，各有所宜，宁古无时，宁朴无巧，宁俭无俗"，明朝文震亨在《长物志》中谈到家具设计时如是说，这也体现了明式家具对于古朴大雅的追求。

明式家具"非良木不择，非良工不用，非美漆不涂，非佳境不设。凡床几案凳，杌桌窗屏，皆精致华美牢固坚实"，实为一代代中国匠人良心打造的永不过时的东方美学。明式家具是中国传统家具艺术的集大成者，以"质真、素工、型美、涵蓄"著称的明式家具代表着一个时代的智慧沉淀与艺术美学高峰。

明朝时期，社会稳定，经济发达，园林兴起，木作技术日臻提高，明代家具呈现出结构严谨、做工精湛、典雅隽秀、比例合理等特点，著名学者王世襄先生用"十六品"来评价明式家具的造型特点，曰：

简炼、淳朴、厚拙、凝重、雄伟、圆浑、沉穆、浓华、文绮、妍秀、劲挺、柔婉、空灵、玲珑、典雅、清新。

在明代，随着海运的发展，东南亚大量珍贵木材输入中国，明式家具以花梨木、紫檀木、铁力木、鸡翅木等名贵木材为主要用材。历经几百年的变迁，流传至今的明代家具仍很牢固，除了优质木材的特定条件外，主要就是榫卯结构的精密与科学合理的造型。

晚明江南地区文风鼎盛，但是仍有不少文人从官场失意转向追求内心宁静，给当时的文人生活注入了新的生机。

明学者王士性在《广志绎》中记载：

浙西俗繁华，人性纤巧，雅文物，喜饰馨悦，多巨室大豪，若家僮千百者，鲜衣怒马，非市井小民之利。

在这种雅俗同流的文化背景下，明式家具作为一种载体，进入了文人的生活世界，家具的榫卯木纹也成了文人们内心所思与人生情怀的寄托。文人们的广泛参与，也让明式家具蕴含着一股儒雅文秀的气质。明式家具充分顺应木材的天然纹理，辅以适度的雕琢和镶嵌装饰，纹样清秀、线条优美、刀法圆润、浑然无痕，展现出"清水出芙蓉，天然去雕饰"的艺术风格，于极简中见繁复，于朴素中见精致。比例协调、虚实结合、阴阳相生，体现着古人对中国古典哲学的理解与参悟。

从绘画中，可以看到明代的室内陈设朴素简单，家具疏落有致、简练明快。通过家具陈置的对称与不对称、固定与灵活的对比，使得居室更加灵活多样，以体现主人的品味、偏好与个性化，这对于生活在今天的我们来说尤为重要。

明式家具让我们窥见古人的智慧，在一案一几、一桌一椅中呈现的无言大美，它们大方简练、榫卯精密、坚实牢固，重视木材的自然纹理和色泽，不以繁缛的花饰取胜，精于取舍，其多一分太多、少一分则太少的绝妙境界令人赞叹，展现了中国文人独有的精神画卷。

清式家具是指滥觞于康熙、盛行于乾隆、停滞于清中晚期的有典型清式工艺风格的家具。清式家具形成了不同的地域特色，可分为"苏式家具、广式家具、京式家具"三大体系。

由于康熙、雍正、乾隆等帝王的励精图治，出现了著名的"康乾盛世"。这一时期，皇家与显贵们无休止地追求制作精巧新奇的官廷家具，同时清后期海禁开放，大量珍贵木材与装饰材料运进中国。于是，统治阶层在家具造型上竭力显示其威严、豪华、富丽，他们开始抛弃明式家具的简洁、轻巧、文秀的特点，转而追求沉厚、繁缛，用料厚重粗大，极力营造一种雄伟跋扈的气势，形成了清式家具的风格底样。

清式家具所使用的材料比明式更为丰盈。材种除明代所用紫檀、花梨、鸡翅、铁力、乌木、楠木、榉木外，又有榆木、樟木、柞木、核桃木、桦木、杉木等材料。

清式家具的装饰材料主要为大理石、象牙、螺钿、玻璃、玛瑙、景泰蓝、竹藤柳丝等。采用雕刻、镶嵌、髹漆、彩绘等多种工艺手法相结合，体现出雍容华贵、雕琢繁缛之风格。装饰纹样广泛运用龙凤纹、云纹、螭纹、鱼纹、梅兰竹菊纹、西番莲纹、山水人物纹等吉祥纹样，或多种纹样组合的吉祥图案，表达了人们美好的寓意。

无论是明式家具还是清式家具，都具有那个时代的政治、经济和文化特征。不管我们喜欢简洁流畅、清新雅致的明式家具，还是喜欢花团锦簇、厚重繁缛的清式家具，抑或是其他更适合我们的家具，我们都能感受到从历史的时空中积淀下来的那份沧桑。家具的性格和主人的品味也终将在岁月的撮合下，相互融合、相互渗透，成为彼此的知己，甚至终身伴侣。

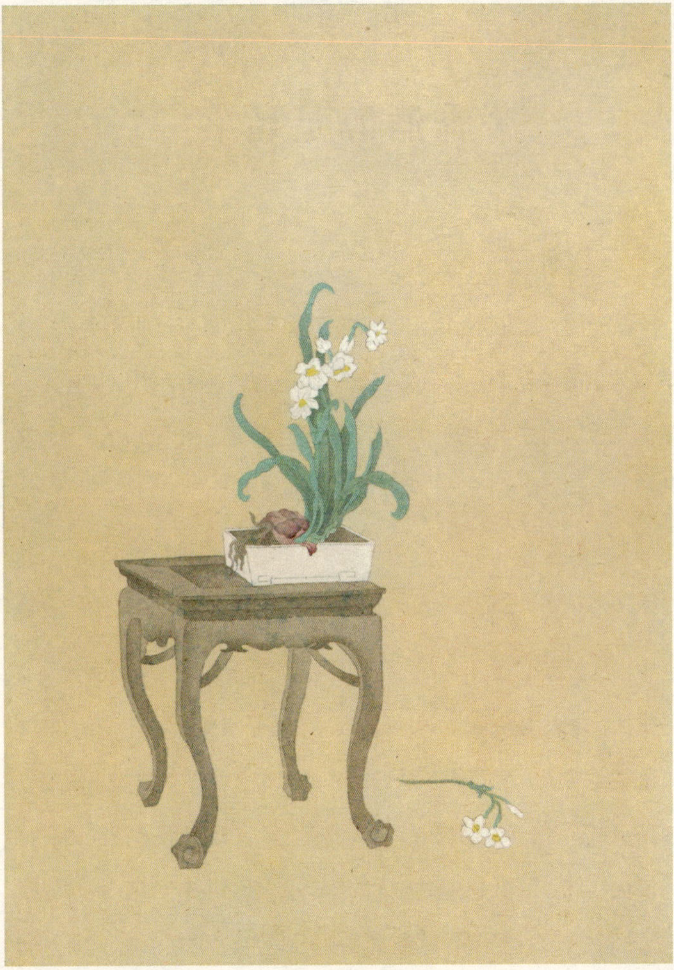

第三节

茗香酒醇足留客

一茶一酒,自古就是中国文人的真爱。炎炎夏日里的缕缕茶意,凛凛冬天里的丝丝酒香,自斟自饮,必是心旷神怡,用以待客,更加情深意重。君子贤士的居所,"谈笑有鸿儒,往来无白丁",这香茗醇酒,自是鸿儒雅士们坐而论道的佳伴了。

且将新火试新茶

中国人爱茶。夏日炎炎,梧桐小院,沏一壶茶,慢慢品味,品的是生活,是人生。茶,不仅仅是饮品,还是寂寞时候的慰藉:"呵笔难临帖,敲床且煮茶。"是对故乡的思念:"休对故人思故国,且将新火试新茶。"还是招待客人的良物:"寒夜客来茶当酒,竹炉汤沸火初红。"更是馈赠友人的佳品:"无由持一碗,寄与爱茶人。"一茶、一酒、一诗,就是文人的灵魂世界:"茶鼎熟,酒卮扬,醉来诗兴狂。"

这一节,我们来认真地聊聊喝茶。

一、一杯茶的正确打开方式

茶是高贵的。它经过高风寒露的洗礼,经过沸腾翻滚的萃取,最终才能来到主人面前。品茶,品的是香气,更是这杯茶的"一生"。当代诗者清雪曾这样描写高山云雾茶的生命过程:

第二次 我睁开眼睛

关节舒张 回旋舞动

在一个沸腾海洋中

重新成就

多长多久一个梦

终于能再呼吸

当年我当那是酷刑

萎蔫 熬煎 翻滚

蜷缩 露筋断梗

谁拣选我

淬炼我

知我实重

谁充沛我

啜饮我

知我韵悠

饮茶者,就像一个知己,给了茶第二次生命。

茶带着生命的洗礼,来到饮者面前,因此从沏茶开始的每一步,都值得我们认真对待。

品茶的步骤,可用备、洗、取、沏、端、饮、斟、清八个字来概括。具体是:

备:在茶叶、开水、茶具和品茶环境四方面的准备工作。

洗:洗涤、热烫茶具,主要起到消毒和温杯的作用。

取:按客人的嗜好和习俗,备齐多种茶叶品种,让客人点茶和供客人选用。

沏:手势动作要轻柔持重,倒水时要把茶壶上下拉三次,高冲低调,即"凤凰三点头"。目的是使茶叶能均匀吸水,有助于茶的显色、透香和吐味。还要仔细辨别沏茶的水声,观察茶叶从浮到沉的形态变化。

端:恭恭敬敬地用左手托住杯底,右手拇指、食指和中指扶住杯身,端给客人。切忌用手抓提杯边缘或握住杯身。

品:客人接过茶后不能举杯一饮而尽,需要微微、细细、啜啜品之。

斟:即加水,不要等客人喝到快露杯底,而要勤斟少加。我国有"浅茶满酒"的习惯,一般以杯容量的三分之二茶液为宜。

清:要等客人离开后,才能清洗茶具,收藏起来以备下次之用。

二、如何"品"一杯茶

主人端上茶后,客人品茶要认真、仔细,要体现出对主人的尊重。

"品茶"与"喝茶"不同,喝茶是为了解渴,满足生理需要,可以一饮而尽,没什么讲究,而品茶则是为了追求精神满足,重在意境,将饮茶视为一种艺术欣赏,要细细品啜,用心体察,从茶汤美妙的色、香、味、形得到审美的愉悦。可以从观色、闻香、辨形、品味几个角度,"品"一杯茶。

观茶是看茶叶的形与色。茶叶一经冲泡后,形状就会发生很大的变化,几乎会恢复茶叶原来的自然状态。茶汤此时也会随着茶叶的运动而徐徐展色,逐渐由浅入深,由于茶的种类不同而形成绿色、黄色、红色……此时此刻观茶形赏茶色甚为赏心悦目。

观色之后,就可以嗅闻茶汤散发出来的香气了,茶香可分为甜香、焦香、清香等,茶叶一经冲泡之后,其香味便会随之从水中散溢出来。好茶的香气是自然、纯正的,闻之沁人心脾,且令人陶醉,低劣的茶叶一般香气不高,不够纯正,有的还有股烟焦味和青草味,甚至夹杂异味。茶叶的香气是由多种芳香物质综合组成的,嗅闻茶香须细心品尝,认真辨认,方能领略其中的韵味。

品茶的茶具包括茶壶、茶海、茶盘、茶托、茶荷、茶针、茶匙、茶拨、茶夹、茶漏、过滤网、养壶笔、品茗杯、闻香杯等二十余种,其中的闻香杯乃专供闻香用的。闻香之后,用拇指和食指握住品茗杯的杯沿,中指托着杯底,分三次将茶水细细品啜,这便是"品茗"了。

观察茶叶在冲泡后的形状变化,茶经水浸泡后逐渐恢复了鲜叶的原始形状,茶因茶种、茶区、树龄不同,所展露出的叶片形状也不一样,特别是一些名茶,嫩度高,芽叶成朵,在茶水中亭亭玉立,婀娜多姿;有的则是芽头肥壮,芽叶在茶水中上下沉浮,犹如旗枪林立。从叶片辨别中找寻茶源地,从冲泡转化了解茶叶变化,从叶片变化过程观赏中享受无穷乐趣。

嗅闻茶汤的香气之后,就可品尝茶汤的滋味,与茶的香气一样,茶的滋味也是非常复杂多样,初入口后,很快就舌底生津,韵味无穷。这是茶叶的化学元素刺激口腔各部位感觉器官的作用。

在与客人共同品茶时,由茶海向客人的闻香杯中斟茶通常只斟七分满,留下的三分是情谊——这是中国茶文化的特殊含义。

三、茶的分类

茶可分为绿茶、红茶、白茶、乌龙茶、黄茶、黑茶等六大类。茶树本身并没有什么大不同,不同者只在于制茶的方法。

绿茶,属于不发酵茶,是将采下的茶鲜叶经摊放、杀青、做形、干燥等工序后加工而成的。杀青是绿茶加工关键的工序,通过杀青,钝化了酶的活性,从而抑制了多酚氧化等各种酶促反应,因此绿茶中茶鲜叶的成分保存得较好,茶多酚、氨基酸、咖啡碱、维生素C等主要功效成分含量较高。绿茶已被强有力的科学证明其有抗氧化、抗辐射、抗癌、降血糖、降血压、降血脂、抗菌、抗病毒、消臭等多种保健作用。同时绿茶茶粉，绿茶抽提物，含有绿茶成分的保健食品、化妆品等也相继问世。

黄茶和红茶为全发酵茶。红茶中的儿茶素在发酵过程中大多变成氧化聚合物，如茶黄素、茶红素以及分子量更大的聚合物。这些氧化聚合物有强的抗氧化性，这使红茶也有抗癌、抗心血管病等作用。民间还将红茶作为暖胃、助消化良药，陈年红茶用于治疗、缓解哮喘病。

发酵茶中发酵程度最低的茶，也叫白茶。大多为自然萎凋及风干而成。白茶具有防暑、解毒、治牙痛等作用，尤其是陈年银针白毫可用作患麻疹幼儿的退烧药，其退烧效果比抗生素更好。最近美国的研究还发现，白茶也有防癌、抗癌的作用。

乌龙茶和黑茶为半发酵茶。乌龙茶的特殊加工工艺，使其品质特征介于红茶与绿茶之间。传统经验为隔年的陈乌龙茶具有治感冒、消化不良的作用。现代医学证明乌龙茶具有降血脂、减肥、抗炎症、抗过敏、防蛀牙、防癌、延缓衰老等作用。最近研究发现，除去儿茶素的乌龙茶依然有很强的抗炎症、抗过敏效果，这是乌龙茶中的前花色素的作用。

用乌龙茶用心沏泡，还可以做出"工夫茶"。

所谓工夫茶，并非一种茶叶或茶类的名字，而是一种泡茶技法。之所以叫工夫茶，是因为这种泡茶方式极为讲究，操作起来需要一定的工夫——此"工夫",乃为沏泡品饮的工夫。工夫茶起源于宋代,在广东的潮州府及福建的漳州、泉州一带最为盛行,乃唐、宋以来品茶艺术的承袭和深入发展。苏辙有诗曰:"闽中茶品天下高,倾身事茶不知劳。"

喝茶的好处多多,与饮酒相比,喝茶更健康,甚至也更高雅。唐代的陆羽一生爱茶,精于茶道,高僧皎然曾经写给他一首诗:

九日山僧院,东篱菊也黄。俗人多泛酒,谁解助茶香。

晚来天欲雪,能饮一杯无

园林幽静,屋舍精美,亭台楼下,绿树春风,在景色醉人的美丽院落中,尽享闲居之乐的文人佳士,若能邀二三好友,一同把盏临风,共享微醺之意,也是人生一大雅事了。

中国是酒的国度,甚至传说中国的酒是黄山的猿猴发明的。不可否认,经常吃果实、储存果实的猿猴,确实有可能在发酵的果实中,接触、饮用到酒精。但"猿猴酿酒"的说法未免太过难考。中国真正能有事实可依据的,是出土的三四千年的酒具。据《战国策》记载,尧的两个女儿娥皇、女英曾把仪狄酿的酒进献给禹,禹尝了以后说:"后世必将有因为这个东西而亡国的。"这是大禹对后世的警惕,也从侧面反映出酒的醇美。

中国文人素来爱酒。一部中华文学史,其中有半部,大概是和酒有关的。

在《诗经》中,有大量关于酒的诗篇。诗经中酒还有"醴""酤""鬯"等称谓,光是"酒"字,就出现了63次之多。如《小雅·南有嘉鱼》中写道:

南有嘉鱼,烝然罩罩。君子有酒,嘉宾式燕以乐。

看来,那时候就认为饮酒能给人带来快乐,而且认为饮酒是高雅的"君子"所做的事情。

饮酒能让人胸怀激荡、热血澎湃、慷慨激昂。曹操一句"对酒当歌,人生几何"唱出了古来饮者的千古强音。他曾与刘备"青梅煮酒论英雄",说出那句自豪满满的话:"天下英雄,惟使君与操耳。"曹操的儿子陈思王曹植也是爱酒如命,曾写道"置酒高堂上,亲人从我游"。李白在《将进酒》中还不忘提及这位先辈"陈王昔时宴平乐,斗酒十千恣欢谑"。

中国隐士的代表,千百年来隐者的精神领袖"竹林七贤",更是每一位都是傲倨当世、狂荡不羁的"酒徒"。刘伶曾写过一篇《咒词》道:"天生刘伶,以酒为名。一饮一斛,五斗解酲。"一喝酒就是一大杯,要喝到五斗自己才能清醒。《世说新语》中形象地描绘了刘伶的嗜酒如命:"(刘伶)常乘鹿车,携一壶酒,使人荷锸而随之,谓曰:死便埋我。"

田园派的典型代表,"世外桃源"梦想的缔造者,东晋大诗人陶渊明也嗜酒如命,以酒为欢,他在《五柳先生传》中写道:

性嗜酒,家贫不能常得。亲旧知其如此,或置酒而招之;造饮辄尽,期在必醉。既醉而退,曾不吝情去留。

生活如此贫困的陶渊明,还不能少了这份饮酒的雅趣。

过了战乱纷争的南北朝,中国历史来到了唐诗宋词的年代。酒,成了文人们灵魂的栖息地,也成了他们诗才的催化剂。

终于,李白的《将进酒》横空出世,于是,"人生得意须尽欢,莫使金樽空对月",于是"烹羊宰牛且为乐,会须一饮三百杯",于是"五花马、千金裘,呼儿将出换美酒",这都是千百年来对酒的绝美赞歌。

当代著名诗人余光中这样描写李白的豪情:

酒入豪肠,七分酿成了月光

余下的三分啸成剑气

绣口一吐,就半个盛唐。

酒,成就了李白,也成就了盛唐。

当时,爱喝酒的诗人名士,不只有李白,还有贺知章,还有草圣张旭……杜甫或许见到过他们饮酒时的样子,一首《饮中八仙歌》写得真是惟妙惟肖,波澜壮阔,荡气回肠,精彩极了:

知章骑马似乘船,眼花落井水底眠。

汝阳三斗始朝天，道逢麴车口流涎，恨不移封向酒泉。

左相日兴费万钱，饮如长鲸吸百川，衔杯乐圣称避贤。

宗之潇洒美少年，举觞白眼望青天，皎如玉树临风前。

苏晋长斋绣佛前，醉中往往爱逃禅。

李白斗酒诗百篇，长安市上酒家眠，天子呼来不上船，自称臣是酒中仙。

张旭三杯草圣传，脱帽露顶王公前，挥毫落纸如云烟。

焦遂五斗方卓然，高谈雄辩惊四筵。

八个人物，八种醉态，跃然纸上。

杜甫自己其实也是一位爱酒人士，高兴的时候，他喝酒——"白日放歌须纵酒，青春作伴好还乡"；潦倒的时候，他喝酒——"艰难苦恨繁霜鬓，潦倒新停浊酒杯"；生病的时候，他喝酒——"重阳独酌杯中酒，抱病起登江上台"；最终老来落得一身酒债，他还是喝酒——"酒债寻常行处有，人生七十古来稀。"

又岂止是李白、杜甫爱酒，唐才子千百，又有谁不爱酒呢？

酷爱田园的王维，也酷爱酒，当与故人分别时，他说"劝君更尽一杯酒，西出阳关无故人"；能够"红颜弃轩冕，白首卧松云"的孟浩然，却离不开酒："开轩面场圃，把酒话桑麻"；边关寂寞，羌笛悠悠，边塞诗人岑参也离不开酒："中军置酒饮归客，胡琴琵琶与羌笛"；王翰也离不开酒："葡萄美酒夜光杯，欲饮琵琶马上催。"

盛唐的酒，豪爽甘洌，催人万丈豪情，似了这个时代。

中晚唐，最爱酒的人，我想是杜牧吧。或许，他喜欢喝汾酒——"借问酒家何处有？牧童遥指杏花村。"或许，他喜欢喝安徽的"九酝春酒"——"烟笼寒水月笼沙，夜泊秦淮近酒家。"或许，他还喜欢喝江南的米酒——"千里莺啼绿映红，水村山郭酒旗风"。最终，他满怀诗情，在江南的烟雨中，抱憾终生："落魄江湖载酒行，楚腰纤细掌中轻。十年一觉扬州梦，赢得青楼薄幸名。"

五代、宋朝的酒，少了唐时的豪气，似乎总是带着忧愁的。南唐末世，酒自然是哀伤的，冯延巳就感叹"日日花前常病酒，不辞镜里朱颜瘦"。多情才子柳永的酒，自然充满了惆怅："今宵酒醒何处，杨柳岸，晓风残月"；就连统兵百万、戎马倥偬的范仲淹，他的酒也是忧愁的："酒入愁肠，化作相思泪。"到底，还是东坡豁达，问出一句："明月几时有，把酒问青天"。

那位铁马金戈、戎马半生的陆放翁，似乎是要江湖孤艇，浪迹天涯了，他啥也不想带，除了一樽酒——"野艇千钱买，明当泛渺茫。但能容一榼，家具不须将。"

中国的酒气横贯千年，不光男人爱酒，女人也爱酒。

女词人李清照曾"昨夜雨疏风骤，浓睡不消残酒"，也曾"东篱把酒黄昏后，有暗香盈袖"，总带些凄美，带些幽怨；一千年后，革命志士、鉴湖女侠秋瑾，却豪气干云："不惜千金买宝刀，貂裘换酒也堪豪。"

思绪,回到院子里来。秋去冬来,风雪骤紧,寒风呼啸,炉火乍明,一股暖意流过心头,可否是想起白居易的那首小诗:

红泥小火炉,绿蚁新焙酒,晚来天欲雪,能饮一杯无?

年少轻狂,血气方刚,你可能喜欢浓香酒的绵柔醇厚、落口喷香;中年百味,岁月匆忙,你可能喜欢酱香酒的淡雅细腻、回味悠长;坐看夕阳,阅尽时光,老来尝尽生活的苦,渐渐懂得平淡是真、知足常乐,你可能喜欢清香酒的一清到底、干净利爽。斟一杯酒,恰似邀一知己,来到这微风乍起、皓月时至的静谧小院,陪着自己与生活讲和,听岁月如歌。

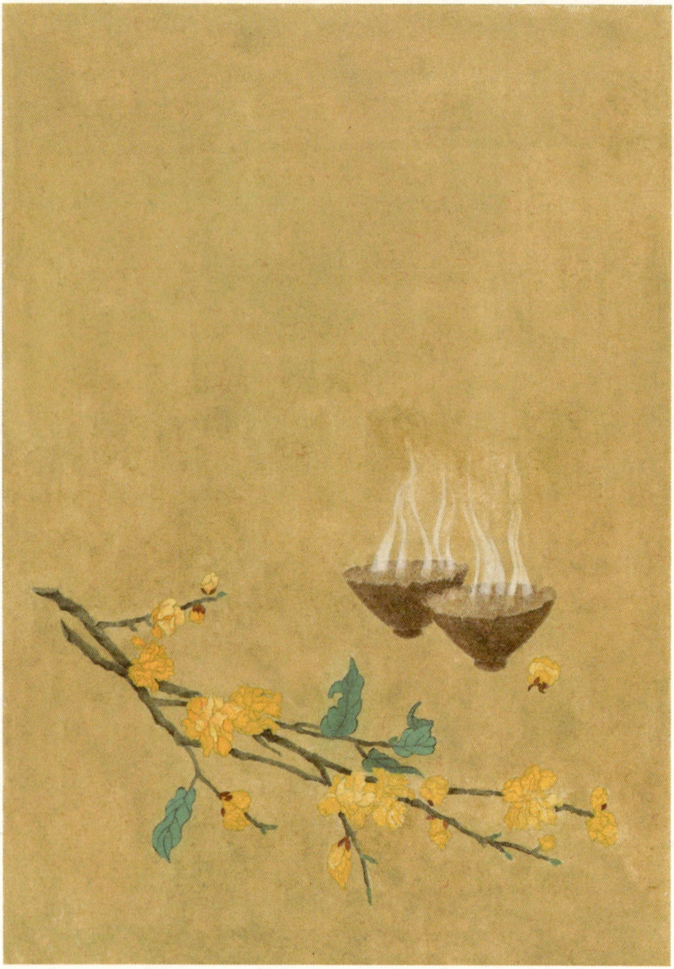

第四节

小楼书阁有坤乾

多么幽雅的院落、多么清秀的山水、多么巧夺天工的假山,多么精致耐用的家具,都不足以撑起一个雅居的文化气息。既是文人,那就必须有个书斋;既是高士,又岂能少得了墨香?书房,或大或小、或古朴、或华贵,都是主人心灵的栖息地和灵魂的牧所。

碧流深处读书房

"直当花院里,书斋望晓开。"自古以来,书斋一直是文人佳士放牧思想的田园。在心爱的园子里,一定要有一个别致的书房。"书味在胸中,甘于饮陈酒。"读书,或许是最高雅的"饮酒"了。

书房,既是读书之处,又是藏书之处。有屋一间,无论大小,一桌一椅一卷书,一灯一人一杯茶,有人便雅,有书便香。除了"书斋"这个常用名以外,书房还有"芸窗""芸馆""萤窗""雪窗""鸡窗"等别名。

沈括《梦溪笔谈》中记载"古人藏书辟蠹用芸"。书房必有书，而有书必有芸香，故书房亦称"芸窗"。如"却对芸窗勤苦处，举头全是锦为衣"（唐·萧项）、"伏生垂白尚穷经，芸馆悠游莫嫌贫"（清·褚任获）。

"萤窗""雪窗"出自车胤囊萤、孙康映雪的典故。晋代车胤自幼聪颖好学，家境贫寒，买不起灯油，就捉萤火虫，用以照明夜读，终成知名学者；孙康同样家境贫寒，买不起灯油，于是不顾寒冷，借着大雪反射的光来读书。如"殷勤为谢南溪客，白首萤窗未见招"（唐·许浑）、"三年曾不窥园树，辛苦萤窗暮"（宋·葛胜仲）。

"鸡窗"出自刘义庆《幽明录》中的记载——兖州刺史宋处宗"尝买得一长鸣鸡，……鸡遂作人语，与处宗谈，极有言致，终日不辍。处宗因此言功大进"。后人便用"鸡窗"来指代书房了。如"鸡窗夜静开书卷，鱼槛春深展钓丝"（唐·罗隐）、"悔当初、不把雕鞍锁。向鸡窗、只与蛮笺象管，拘束教吟课"（宋·柳永）。

书斋的命名，可以用斋、堂、室、屋、楼、房、馆、阁、轩、舍、居、庐、亭、庵、园等字。历代名人大家的书斋取名大都表露了主人的性情与志趣，它们往往或缘于某事，或由于某因，大多富有诗意，寓意深刻，妙趣横生。

唐代大诗人刘禹锡的居室兼书房名叫"陋室"。他写的《陋室铭》，是千古名篇，表现出来的高尚品格和安贫乐道的生活志趣打动了千百年的读书人，一句"谈笑有鸿儒，往来无白丁"成了读书人交友的标准。

南宋爱国诗人陆游很长寿，他晚年的书斋名叫"老学庵"，取"师旷老而学犹秉烛夜行"之语，立志要活到老、学到老，生命不息、学习不止。

明代文学家张溥自幼勤奋好学，他所读的书，一定要亲手抄写，抄完后，朗读一遍即烧掉，接着再抄、再读、再烧，如此反反复复达六七次之多。为了勉励自己，他就把自己读书的屋子取名为"七焚斋"。

明代文学家归有光的远祖曾居住在江苏太仓县项脊泾，为了纪念祖先，他把他的书斋命名为"项脊轩"。他的《项脊轩志》感动了无数读书人和多情儿女。

清代大文学家蒲松龄在创作时，为搜集素材，常设烟、茶在路边，过路人只须到此讲讲故事、聊聊天，便可免费抽烟、喝茶，因此他取书屋名为"聊斋"，写成的书就是著名的《聊斋志异》。

梁启超的书房名为"饮冰室"，他自称"饮冰室主人"。"饮冰"一词源于《庄子》："今吾朝受命而夕饮冰，我其内热与？"当时内忧外患，梁启超改革救国之心如焦灼一般，因此需要"饮冰"来化解，他用"饮冰"来比喻自己内心的忧虑。

现代著名作家张恨水，在抗日战争中欣闻平型关大捷，看到了中国胜利的希望，遂命屋名为"北望斋"，寄托了他对中国共产党的希望和对故乡的怀念。

著名语言学家王力教授著作等身，不仅有鸿篇巨论，也有精美的小文章，他曾说："古人有所谓雕龙、雕虫的说法，在这里，雕龙指专门所著，雕虫指写作一般的诗文辞赋。"他两样都干，故将自己的书斋取名"龙虫并雕斋"。

取了书斋名，还要将书斋名刻写成匾额并悬挂书房之中让人知晓。匾额是书房的门面，主人向来非常慎重，或亲自操刀，或请友人、名人来题写。匾额之书法也有讲究，小篆、汉隶、魏碑、唐楷，精彩纷呈。过去，匾额制作讲究，多用木制，镏金大字，雕刻精美。现在则多用宣纸书写，装裱以后用木镜框悬挂于壁上。

有了匾额，还可以在壁上或门边贴上楹联。可以寓意精警、境界高远，亦可以自励、自勉、自况、自嘲。古人的匾额写得都很有意味。比如"月斜诗梦瘦，风散墨花香"（明·邓子龙）、"松雨竹风琴韵，茶烟梧月书声"（清·傅青主）、"有三分水，四分竹，添七分明月；从五步楼，十步阁，望百步长江"（清·黄遵宪）、"三顿饮、数杯茗、一炉香、万卷书，何必向尘寰外求真仙佛；晓露花、午风竹、晚山霞、夜江月，都于无字句处寓大文章"（清·陈维英）等。

明代文学家、书画家陈继儒曾在著述中描绘文人的理想居所：

一间屋,六尺地,虽没庄严,却也精致;蒲作团,衣作被,日里可坐,夜里可睡。

灯一盏,香一炷,石磬数声,木鱼几击;龛常关,门常闭,好人放来,恶人回避。

今天的我们,若有自己的小院,何妨认真装点一下自己的书房,或流芳溢彩、或娴静雅致、或富丽堂皇、或清丽明快。或许生活的忙碌使我们无暇读书,但社会在进步,惟有不断学习,不断充实,才能适应时代的要求。希望在静谧幽雅的书房里,我们可以做一个终身学习的人。古人云:"嗜书如嗜酒,知味乃笃好。"或许等我们沉下心来,真正领略了读书的味道,反而会变得手不释卷了。

文房四宝的故事

"文房"之名,专指文人书房,滥觞于南北朝时期。笔、墨、纸、砚为文房所用,因被誉为"文房四宝"。南宋初年,陆游甚至把"文房四宝"叫作"文房四士":"水复山重客到稀,文房四士独相依。""文房四士"品类繁多,以湖笔、徽墨、宣纸、端砚著称,至今仍享盛名。

先说笔。据说毛笔是秦国大将蒙恬发明的。

秦国大将蒙恬带兵在外作战,他需要定期写战报呈送秦王。

当时,人们用竹签写字,蘸了墨没写几下又要蘸,很是不便。一天,蒙恬打猎时看见一只兔子的尾巴在地上拖出了血迹,顿生灵感。

他剪下一些兔尾毛，插在竹管上，试着用它来写字。可是兔毛油光光的，不吸墨。蒙恬又试了几次，还是不行，于是随手扔进了门前的石坑里。有一天，他无意中看见了那支被扔掉的"兔毛笔"。他将兔毛笔捡起来后，往墨盘里一蘸，兔尾竟变得非常"乖"，写起字来非常流畅。原来，石坑里的水含有石灰质，是碱性的，兔毛经过浸泡后，油脂去掉了，变得柔顺起来，传说这就是毛笔的来历。

其实，在更早的时候，我国就有毛笔了，《诗经》中有一篇《静女》写道"静女其娈，贻我彤管"，有人说"彤管"就是毛笔。

关于毛笔，唐代大文学家韩愈曾经写了一篇奇趣横生的散文《毛颖传》，以纪传体的形式讲述了"毛笔"的前世今生，针砭时弊，一语双关。

印度诗人泰戈尔说东方文化像水，梁启超说东方文化是柔的运用，毛笔"柔不丝屈，刚不玉折"，充分体现了中华民族的智慧。

唐代的李商隐有一句诗写道："若无江氏五色笔，争奈河阳一县花。"说的是南朝江淹的故事。江淹曾梦有一仪表不凡的人自称郭璞，跟他说："我有一支妙笔，放在你那里已经很多年，现在你可以把它还给我了。"江淹在怀中一摸，果然摸出来一支五色笔，于是还给了郭璞。从此以后，江淹作诗就完全失去了当初的文采，世人都说是"江郎才尽"了。

毛笔的笔头所用兽毫分为柔、健两类。柔毫主要是山羊毛所制，健毫则用兔脊毛和黄鼠狼尾毛等制成，柔毫和健毫杂在一起称为兼毫。好的毛笔具有尖、齐、圆、健四大优点。尖，指笔锋如针；齐，指笔毫齐整；圆，指笔头吸水饱圆；健，指富有弹性。

关于毛笔的产地，唐宋时期，以安徽宣州最出名，所产紫毫笔，为无上佳品。"千金求买市中无。"明清以后，为浙江湖州所产的湖笔所取代，并且相沿至今。

用笔究竟以什么毫为好，各人可依自己的喜好和所求风格而定，以惯熟上手为好。在创作阶段，笔意追求的层次较丰富，一般来说多种笔都置备，以随时选用。从笔性来看，硬毫笔易得瘦硬之风，落款用或写小字比较适合。短锋笔适宜写隶书，长锋笔适宜写草书，中锋适宜行书。长锋较短锋控墨和宛转难度要大，但一旦惯熟，长锋笔比短锋笔意象更丰富。

墨的出现很早，西周"郡夷始制墨，字从黑土，煤烟所成，土之类也"。后代的墨确是提烟所成，可分为油烟墨、漆烟墨、松烟墨，分别以桐油、生漆、松枝所烧的烟熏加黄明和麝香、冰片等制成。

造墨，在中国已有几千年的历史。远在商代人们就已懂得用天然的石墨书写。到了汉代，人们开始造烟墨。至唐，奚超和奚廷珪父子首创以捣松和胶等材料造墨，其墨色"光泽如漆"，南唐后主李煜对其大加赞赏，特赐国姓"李"，从此奚家易姓李，他造的墨也称"李墨"。李廷珪在一斤松烟中调入珍珠三两、玉屑龙脑各一两,再调生漆,捣合成墨,可藏五六十年,胶败再调,入水三年不坏。有人称"黄金易得,李墨难求"。

选墨也有讲究,其优劣直接影响到书画的艺术效果。好墨简单可概括为"烟细、胶轻、色黑"。《墨经》云:"凡墨色紫光为上品,黑色次之,青光再次之,白光为下品。"目前国内用于书画创作的主要有"一得阁墨汁""中华墨汁"和"李廷珪油烟墨汁"。一得阁、中国书画墨汁和中华墨汁一般都偏浓,所以用时都调入些水,调水不必一下全调,可一笔一笔调,即每次沾墨前先用笔尖沾少许水。

相传王羲之小时候,练字十分刻苦。他练字用坏的毛笔堆在一起成了一座小山,人们叫它"笔山"。他家的旁边有一个小水池,他常在这里洗毛笔和砚台,小水池的水都变黑了,人们就把这个小水池叫"墨池"。

长大以后,王羲之的字写得非常好了,还是坚持每天练字。有一天,他正在书房聚精会神地练字,连吃饭都忘了。丫鬟送来了他最爱吃的蒜泥和馍馍,催着他吃,他就好像没有听见一样。丫鬟只好去告诉他的夫人。夫人和丫鬟来到书房,只看见王羲之正拿着一个沾满墨汁的馍馍往嘴里送,已经满嘴乌黑啦。

纸是我国古代四大发明之一,西汉墓已出现麻制的纸。东汉蔡伦采用多种材料,改进制纸方法,使纸的质量和产量都大为提高。

晋安帝时废除了自古沿用下来的竹木简，把历史推进到全面用纸的时代。唐代的造纸业非常发达，宣州的宣纸、江西临川的薄滑纸、扬州的六合笺、广州的竹笺等，都是上等品。

历代的文人墨客对纸特别敏感，诗文中每每涉及。南唐李后主因爱澄心堂纸，特地建澄心堂贮纸。欧阳修以澄心堂纸赠梅尧臣，梅欢喜之余，作诗道：

江南李氏有国日，百金不许市一枚。澄心堂中唯此物，静几铺写无尘埃。

当时国破何所有，帑藏空竭生莓苔。但存图书及此纸，辇大都府非珍瓌。

文房四宝的最后一味为砚。在书法实践中，砚的作用不如笔、纸、墨那样直接，然而却数它最为贵重，书画之外别有余味。书画之道，并不全在于最终作品的成败，还能怡情养性。一方好砚，本身就可以激起人们的创作冲动。

石砚主要分端砚、歙砚、鲁砚和洮砚四大类。

端砚产于广东肇庆市东效。据《端溪砚谱》所载，肇庆东三十里，有一斧柯山，峻峙壁立，登山行三四里即是砚岩，又因沿端溪水一带，故名端砚。砚岩分下岩、中岩、上岩，出石点又称砚坑。下岩又叫水岩，水岩石常年浸在水中，温润如玉，体重而轻，质刚如柔，摩之寂寂无纤响，按之如小儿肌肤，温软嫩而不滑，是端砚中的上品。水岸初唐时开始产石,一度被列为贡品,故又称皇岩。砚家们不仅以出石好为足,且日益花样翻新地在砚台上雕龙饰凤,而且题材甚大,如山水、人物、花兽虫鱼等,甚至嵌镶以宝石等名贵饰物。苏东坡曾描写过人们开采砚石的情景:

千夫挽绠,百夫运介。篝火下锤,以出斯珍。

歙砚是我国的第二名砚,其质地也以细滑、坚韧、纹理精美等品质誉世,为历代书家器重,苏轼有诗云:

罗细无纹角浪平,米丸犀璧浦云泓;午窗睡起人初静,时听西风拉瑟声。

宋蔡襄也有诗云:

玉质纯苍理致精,锋芒都尽墨无声;相如闻道还持去,肯要秦人十五城。

歙砚除了实用上的优异外,其玩赏价值亦高,一得其纹理奇异,二得其造砚精工。纹彩以金纹对眉子、水浪纹;造工则以巧用纹理寓意,再辅以浮雕、深雕、半圆雕等技法。

鲁砚因产于山东潍坊、淄博、益都等地而得名。晋代大书法家王羲之是山东临沂人,他对其家乡石砚就十分看重。临沂一带也产石砚,有名的"金星石砚"便出自临沂,为鲁砚中的上品,后人亦称之为"羲之石"。

洮砚亦称洮河砚,是我国四大名砚之一,产于甘肃临洮县。洮砚历来产量很少,传世品只有故宫收藏的宋洮"蓬莱山砚"和天津博物馆藏的"宋抄手式砚"。

时至今日,由于墨汁的大量运用,人们对砚台实用性的要求急剧降低,除了很特别的创作技术要求,即使是书画家,亦仅求其贮墨研笔而已。相反,对其观赏价值的要求却很高,甚至单纯地将其当作一件只作摆设的工艺品。

文房四宝不仅有实用价值,也是融汇绘画、书法、雕刻、装饰等各种艺术形式为一体的艺术品,是我国传统文化的浓缩和精髓。若能在自己的书房里,精心挑选一套文房四宝,无疑会是修心养性的好帮手。

文房四宝不仅得到古人的青睐,也得到了越来越多的年轻人喜爱。动漫联名款墨汁、自来水毛笔、便携式笔盒套装等文创新品不仅具有新时代的特色,也有独特的使用价值。"老"和"新"并非绝对不变,"老字号"曾经也都是"新品牌",老传统也未必不能变成新时尚。更何况,往往成为传统的东西,也都有崇高的艺术品位和文化价值,更有代代相守的工匠精神。相信有一天,荣宝斋、善琏湖笔、胡开文墨、红星宣纸这些昔日的老字号都能变成今天的"新国潮"。

《后浪》中有句话说得好:"把传统的变成现代的,把经典的变成流行的,把学术的变成大众的,把民族的变成世界的。"随着越来越多的年轻人成为文房四宝等"传统贵族"的"忠粉",笔、墨、纸、砚们的魅力一定将会继续被我们一代一代传承下去。

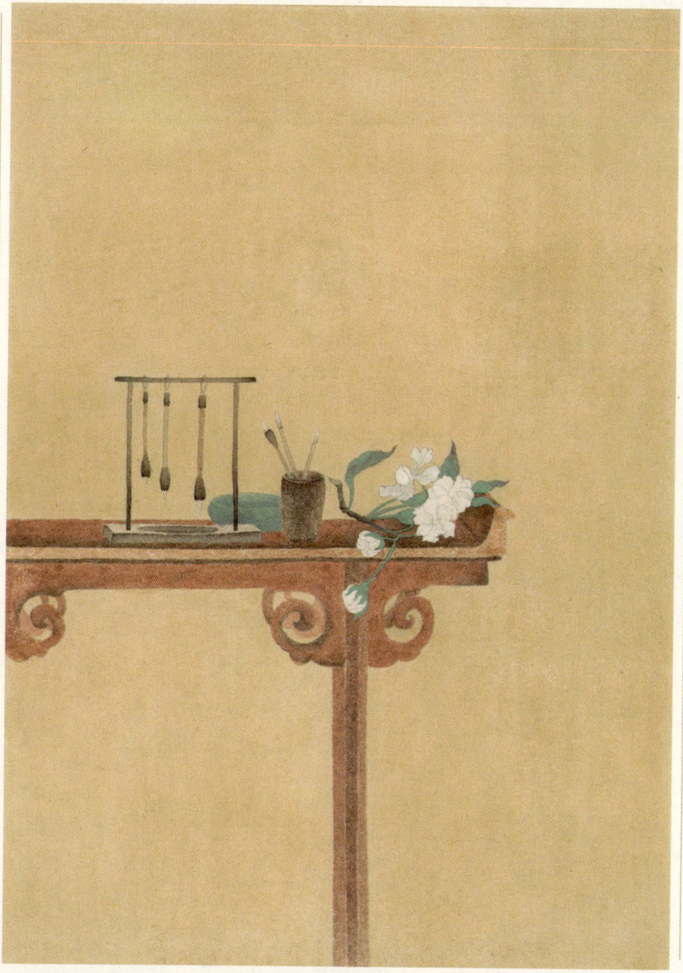

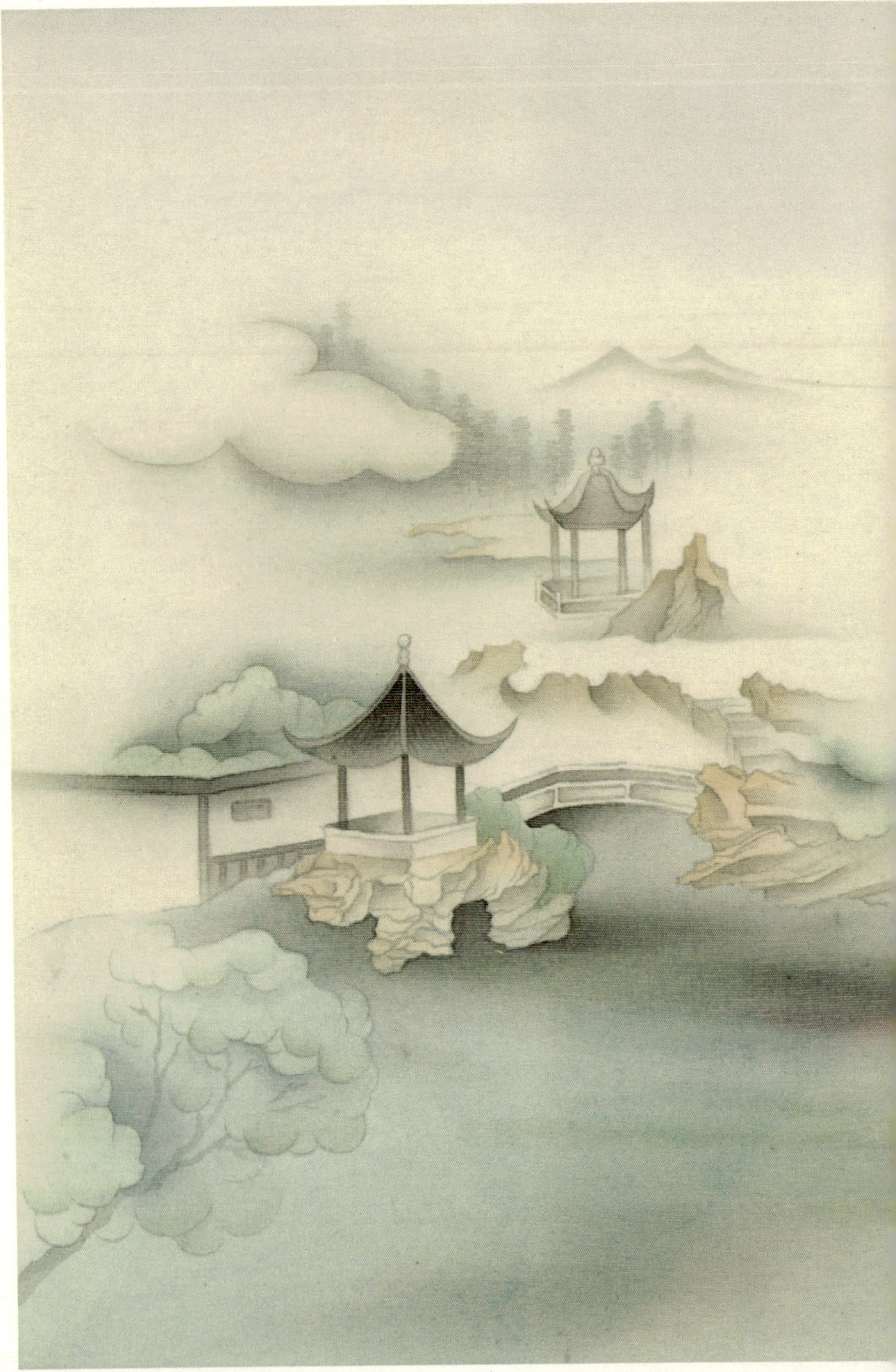

传

第一节

天下名园看江南

"江南园林甲天下，苏州园林甲江南"，江南不仅自然风光秀丽，而且是近千年来中国的经济重心，人文关怀也是独步天下。明清时期，文人们对造园的热情，使得江南的园林，相较其他地方，更多了一些诗情画意。苏州园林在江南，甚至全国都是典型代表。叶圣陶先生说"苏州园林是我国各地园林的标本"，它影响了全国的园林设计。要鉴赏我国的园林，江南园林，尤其是苏州的园林，就不应该被错过。

苏州园林漫谈

著名园林艺术家陈从周先生称苏州园林为"文人园"，传统文化修养好、古诗词功夫深厚的人游起园来会更有兴致。因为这些园林的主人们都是饱学之士，造园就是为了他们既能在城市里享受丰富的物质供应和服务，又能享受自然山林的闲情逸致，于是凿池堆山，营建亭榭，莳花植木，以自然山水为楷模，用种种造景手法，构成美景，引人入胜，令人浮想联翩。

造园者们的匠心能否被观赏者理解呢？这些园中的题名、匾额、楹联就是景物与观赏者相通的语言。这些文字是在引导观者领悟和联想，它们往往是经过斟酌吟唱、反复推敲，以求与周围的环境贴切而富有意境。这些文字蕴意深邃、字字珠玑，叫人回味无穷。

以园名为例——"拙政园"取自古人语"灌园鬻蔬以供朝夕之膳，此亦拙者之为政也"，意即浇浇水、种种菜，以求早晚有饭菜吃，就是我们这些愚人的工作了；"网师园"的意思是以结网者为师，一方面指出了花园所在地是一片河湖水网，另一方面是表达了宁与渔樵相交，而不愿与世人来往的心境；"退思园"则是"退而思之"，"留园"是"长留天地间"，都有无穷韵味。

再看苏州园林中的一些厅堂亭台的题名，多数也用了曲笔，要转个弯来思考。如拙政园的"与谁同坐轩"，若从字面上去理解，以为是在说与谁结伴而来，那就太浅薄了。其实这里是引用了苏东坡的名句："与谁同坐？清风，明月，我。"隐喻了自己不愿与凡夫俗子为伍的清高孤傲气质。拙政园的主厅名为"远香堂"，前有荷花池，命名也是来自周敦颐的《爱莲说》里的"出淤泥而不染，濯清涟而不妖，香远益清，亭亭净植"，寓意做人要清白高洁。

观赏园林就是在读诗文，园林美景是主体，诗文是景色的注释，景情交融，引人入胜。走在园中游目骋怀，步移景异，无处不是一首首、一篇篇隽永的诗文。如"梧竹幽居"（拙政园）、"月到风来"（网师园）、"看松读画"（网师园）、"涵碧山房"（留园）、"菰雨生凉"（退思园）、"水殿风来"（狮子林）……

还有园林中的廊道、门额，一些砖刻、石枋，如"网师小筑""枕波双隐""长留天地间"，还有"曲溪""印月""听香""读画"，无不余味无穷，意境高雅。

苏州园林中还常常设有顾曲之处，可拍唱昆曲、评弹，演奏江南丝竹。小榭曲廊，水池漪漾，风送雅韵，波推佳音，使人如痴如醉。

苏州的园林在造园之前，都要周密规划，认真勘察，度地审势，精心设计，立意擘画，而后布局经营。

一些名园都有名士参与，像文徵明就帮助规划了拙政园，还留下了手植藤为印证。一些园子中有古柏老树，很好地组织到花园的景色之中。由于地形的高下、洞池的大小、面积和财力，更由于园主和谋划者的构思，因而有了大不相同的景色。每个花园也讲究自己的特点与性格。

拙政园水面开阔、布局疏朗，山亭湖榭的对景、借景手法精妙，小处见大、化整为零，布局精湛；留园门户重叠，收合转折，空间变幻，布局独特；网师园的叠石高下参差，玲珑舒展；环秀山庄主景山石布局有深山远水之意，峰、崖、涧、谷宛自天开，曲廊逶迤，通阁临风,幽雅恬静;狮子林以假山出名,洞壑盘桓,回环曲折,庭院雅清;沧浪亭历史悠久,老树参天,山石嶙峋,古朴野趣兼具;退思园外宅内园,小桥石舫,皆近水面,小而精致,以少胜多;艺圃以精致见长,一池、一山、一榭皆成景色,山石高峻,树木森郁;耦园的东西两园对偶成双,黄石叠山峭拔、自然逼真。

陈从周先生曾以古人的诗词比喻苏州诸园——网师园如晏小山词,清新不落俗套;留园如吴梦窗词,七宝楼台,拆下不成片段;而拙政园中部空灵处如闲云野鹤,去来无踪,像姜白石的词;沧浪亭有若宋诗,怡园仿佛清词,皆能从其境界中揣摩得知。

苏州园林不仅有各自的奇美景观,也有着自己独特的性格。或许它们也在等待着与自己性情相投的游客们,去畅谈彼此的故事。

拙政园美景

五百多年前的明正德四年(1509年),御史王献臣辞官回乡了。故乡的一山一水、一草一木,还似当年离家时候的样子。回想自己少年成名,弱冠登第,一生忧国,半世落魄的人生,他觉得有些累了。极目远眺,恰见苏州城青山环立,流水涓涓,他忽然有了一个美妙的想法。

这夜,他把自己的好友文徵明邀到家中,说出了他的想法:

这片绝佳山水，岂能辜负？若能建造一个小院，养养花，种种树，二三好友时来小聚，一樽酒，一杯茗，岂不是人间自在生活？

文徵明欣然同意。于是故事开始了——低洼积水之处，加以浚治，以成池塘湖泊；荒芜之处，乃树柳植桃，更为花圃；山水错落之处，建置亭榭轩楼，把拙政园打造成了一个水景为主、自然疏朗、极富江南水韵的私家宅园。文徵明甚至亲自参与园林的建造，至今园内仍然保留着一株他亲手栽植的古藤。

园子建成了，叫个什么名字呢？王献臣想到自己性格刚直，是以不容于朝；棱角分明，是以不容于世。实实在在是个"愚人"啊。现在能安心在此种菜浇园，不也是名运绝佳的安排吗？就似代潘岳《闲居赋》说的"筑室种树，灌园鬻蔬，是亦拙者之为也"。

那就叫拙政园吧。

园成之后，文徵明兴致未减，依照园中主要景色绘制了《拙政园景图》共三十一篇，均题有诗文。

后来清代画家戴熙又在此基础上加工形成拙政园全景图。拙政园也因此成为我国古代集园林、诗歌、文学、绘画于一体的珍贵艺术品。

让我们一起来逛逛这座园子吧。

我们从临街大门穿紫藤小院，到拙政园的正式入口——腰门。腰门以磨砖制作，雕刻精美，上悬隶书贴近匾额"拙政园"三个大字。

园内游廊前方，有一座黄石假山，山骨嶙峋，草木葱茂。绕过假山，或步台阶，或由小径，便有满目佳景。这一布局，与《红楼梦》中大观园颇类。

绕过翠嶂，远香堂便展现在眼前了。这是园中一座主要厅堂。此堂南北为门，东西为窗，四面成厅，皆可观景。其南有小桥、清池，中有广玉兰数棵，枝叶疏阔。山岩拙朴，浑然天成，老榆傍石，幽竹弄影。北边的大月台，临水而建，是园中绝佳的观景处。但见清波粼粼，林木苍翠，山石玲珑，飞檐斗角。若在夏日，还能见到风过莲叶，荷花曳首，一池萍碎，清香四溢，故名曰"远香堂"。

远香堂东南是"枇杷园"，多植枇杷，金果硕硕，颇有些村舍小院的景致。南有"嘉实亭"，与枇杷园近相呼应。又有"玲珑馆"，馆前有以太湖石堆成的假山，玲珑飘逸，宛若游云。依山势而上，有"绣绮亭"翼然而起。小小的园子和阔大的山水之间以云墙、月洞、假山、花窗和回廊巧妙分隔开来，当你在卵石铺砌的地坪上踱步徜徉之时，竟然还可以透过月洞形的院门看到水池对面山顶上的"雪香云蔚亭"。这一别致巧妙的对景在我国古园中很是出名。

"芭蕉叶上潇潇雨，梦里犹闻翠竹声"是现代苏州园艺家周瘦鹃专为拙政园"听雨轩"所题的。该轩在嘉实厅东，轩前清水一泓，畔植芭蕉翠竹，雨夜倾耳，其意甚惬。

若要去池中的岛上一观，则须先经过一个叫"梧竹幽居"的小亭，亭周广栽梧桐、翠竹，幽静宜人。据亭望去，西边的"别有洞天"亭隐约在望。再远处，正好借北寺塔影入园而来。

走过梧竹幽居，便到池中两岛。东岛狭峭，高耸接云，山顶有"待霜亭"，亭旁数株橘，似欲待霜而赏。西岛宽缓，山势较平，两岛一溪隔之，上架小桥，幽篁古树，细流涓涓，蝉声铿锵，莺歌恰恰。西岛之巅，雪香云蔚亭遗世独立，亭柱上有一联"蝉噪林逾静，鸟鸣山更幽"，最为贴切。

荷风四面亭西北池中，复有"见山楼"，三面环水。从前楼而望，可见城外的虎丘山。开窗远眺，又近及远，可见曲桥、四面亭、香洲、桥廊，直到"小沧浪水院"，水面由阔而狭，从坦而幽，山水、木石、楼阁、亭台，层次深远。

小沧浪水院在远香阁西南，有一廊桥跨水而去，朱栏青瓦，桥身如拱，清风徐来，影随波动，恰似一道彩虹横飞池面，故名曰"小飞虹"。其名取自南北朝鲍照的《白云诗》"飞虹眺卷河，泛雾弄轻弦"。朱红色桥栏倒映水中，水波粼粼，宛若飞虹。它不仅是连接水面和陆地的通道，而且构成了以桥为中心的独特景观。小飞虹桥体为三跨石梁，微微拱起，呈八字形。桥面两侧设有万字护栏，三间八柱，覆盖廊屋，檐枋下饰以倒挂楣子，桥两端与曲廊相连，是一座精美的廊桥。

廊桥正南，三间水阁架于池上，南窗北槛，两面临水，就是著名的"小沧浪"。这一幽静的水院是主人的读书之处，水阁内悬有对联"茗杯眠起味，书卷静中缘"，阁外步柱上挂联"清斯濯缨，浊斯濯足；智者乐水，仁者乐山"，体现了园主认为事物的善恶皆取决于自己的本心，有时看待事物的态度决定于看待事物的方向。

从小飞虹廊桥往西，穿石舫，便可到著名的半亭，其位于中部和西部的边界，有"别有洞天"的题额在上。过了这里，便是拙政园的西部，这里本是原来自成体系的张氏补园。

张氏建造补园之时，为了能借赏园中的山池美景，在靠近隔墙的假山上造了一座小亭，可隔墙浏览拙政园中的水光石色，又可回望自己院内的假山楼影，故名之曰"宜两亭"。这是我国园林中相邻借景的佳例。

从宜两亭而下，就到了拙政园的"十八曼陀罗馆"和"三十六鸳鸯馆"，这是一对鸳鸯厅，春可赏山茶，夏可赏荷花，是园主接待宾客的佳所。

缘径而去，过了"塔影亭"，还有"留听阁"，取自李商隐的佳句"留得残荷听雨声"，仲秋夜雨，荷声清脆，饶有风趣。

过了留听阁，攀上登山小径，可到"浮翠阁"。此阁占据了园中最高处，登楼四望，满院苍翠尽收眼底。向东南走去，有一座折扇面形状的小轩，隔着水池与滨水长廊相对，是看水赏月、迎风休憩的佳所，名曰"与谁同坐轩"，取自苏东坡名句"与谁同坐？明月、清风、我"，天人合一，意境高雅。

时光荏苒，园子的老主人带着对田园的依恋离开了。美丽的拙政园就像一叶孤舟，在历史的波浪里沉浮。

王家的后人大概没有老主人的情怀了，拙政园渐渐疏于打理，变得庭院荒芜。与拙政园一起没落的，是风雨飘摇的大明朝。

直到康熙十八年（1679年），拙政园被政府接收，由私人宅院变为官衙园林，并曾经迎接了南巡的康熙皇帝。这也成了一代名园辉煌的回忆。

咸丰年间，太平天国攻下苏州，李秀成在拙政园内修建忠王府，曾对院内花园进行大规模修缮，可是天意弄人，还没竣工，太平天国就灭亡了。

到了民国年间，就更没人愿意搭理这座注定要荒芜的庭院。寂寞的拙政园自苏州的一隅，默默等待着属于自己的时代。

新中国成立后，拙政园终于被逐步修复，古老的拙政园得以以全新的风采展现在世人面前。于是有了刚才我们看到的一切。

老主人王献臣曾经踏过的山石，曾经抚过的老树，还有文徵明亲手栽下的那根古藤，历尽沧桑后，从历史的雾霭中走来。这其中有多少故事，在待着来自四方的游子，对他们默默地诉说。

网师园往事

网师园的名字听起来有些奇怪，这个名字背后有个有趣的传说。说是南宋年代，皇帝昏庸，奸臣当权，忠臣良将无所用武。有个姓王的大臣看不惯，向皇帝上疏弹劾奸臣，结果，奏本落到了奸臣手里，姓王的大臣被诬陷罪名，满门抄斩。他有个儿子叫王思，逃到了苏州，不敢居于闹市，就在南园荷花池旁搭了一间草棚，隐姓埋名，捉鱼为生，周围邻居问他尊姓大名，他就笑着说道："樵夫渔翁，哪来的大名，叫我'渔翁'就是了。"

后来，他与本地的一个姑娘结婚，生了两个儿子，他一边捉鱼，一边教儿子和村上的小孩识字。学生总要称呼老师，他心道："我本名叫王思，又是个渔翁，那我就叫'网师'吧。"从此人们都称他为"网师先生"。

网师先生的两个儿子非常聪明，学习很努力。长大以后，双双中了进士，做了京官。这时，老皇帝去世，新皇帝登基，两个儿子早想为祖父申冤，见时机已到，就向新皇上书，讲明王家的被害经过。新皇帝派人查明了真相，对奸臣作了惩办，对王家恢复名誉。两个儿子要父亲搬到京城居住。王思不同意，说："这里给了我第二次生命，邻居之间很和睦，住在这里蛮好。"两个儿子没有办法，就在那里造了一座花园，让父亲颐养天年。园子造好以后，就取名叫"网师小筑",后来就叫做"网师园"了。

这其实只是人们杜撰的美好故事。实际上网师园真正的故事,要比这精彩得多。

南宋淳熙年间,侍郎史正志被罢官后,携一车诗书、清风两袖来到苏州,被这里的景色风物吸引,建了一座书阁,名万卷堂;又建了一方花圃,名渔隐花圃。随着史正志的故去,他的书阁和花圃独自荒芜了几百年的岁月。

不觉到了清乾隆年间,此地为光禄寺少卿宋宗元所得,因宅园面临王思巷,就改名为网师园,既取其谐音,又与"渔隐"同出一意。不几年,园子竟又荒废了。

三十年后,画家瞿远村按原来的范围重新规划布局,叠山理水,种树莳花。当时著名学者钱大昕在游园后曾感叹道:"地只数亩,而有纡回不尽之致;居虽近廛,而有云水相忘之乐。"

民国后,军阀张作霖曾以此作为礼物送给他的老上司张锡銮,并易名为"逸园"。张锡銮又把它租给了书法家叶恭绰和画家张善孖、张大千兄弟。他们都是学者名家,有深厚的文化修养,在工作之余,常常点玩山石,植兰栽竹,陶冶性情,培养灵感。

张善孖善画虎,为了能近距离观察虎的各种姿态,他特地在园中饲养了一只幼虎,称之为虎儿。后因畜养不善而亡,遂将其遗骸葬于园中花坛,张大千竖碑留念,至今其碑尚存。

1940年，鉴赏家何亚农买下逸园，并按旧制进行了全面整修，也恢复网师园原名。何氏后人将园献给国家，经人民政府再次修葺后，得以以全新的风貌展现在游人面前。

网师园虽然面积不大，但以集聚水景见长。在网师园大园的中央有一个二十来米见方的荷花池，名为"彩霞池"。位于水池四周东、南、西、北向的四个景点——"射鸭廊""濯缨水阁""月到风来亭"和"看松读画轩"——分别在春、夏、秋、冬四季呈现出尤其迷人的景色，人称四季景。

春景"射鸭廊"紧靠着住宅部分，在水池的东北角上。槛外点植着一丛丛迎春藤，万物冬眠之际，它那垂向水面的翠条上已缀满金花，香气摇曳，密若繁星，预示着春天的降临。"射鸭"是古代士大夫的一种游戏，在欣赏风景的同时，能增添生活的乐趣。

廊北是"竹外一枝轩"，其前池岸边松梅盘曲，低枝拂水，新竹葱翠，台榭玲珑。苏东坡"江头千树春欲暗，竹外一枝斜更好"的诗意，似乎恰是为此准备。

夏景"濯缨水阁"在荷池之南，东邻黄石假山，恰与春景犄角相待。水阁坐南朝北，开畅空透。山阴竹影，亭姿阁貌，虚实相叠，变幻无穷。室内则清爽宜人，池面上凉风习习，让游玩者心旷神怡。"濯缨"之名出自古谣"沧浪之水清兮，可以濯我缨；沧浪之水浊兮，可以濯我足"，有超然物表的清远境界。

"月到风来亭"是秋天的赏月佳处。亭在池西岸的高阜上,后有曲廊南通濯缨水阁。其名取于韩愈诗:"晚色将秋至,长风送月来。"每当秋时,明月初上,于此待月迎风,堪称一绝。翘首仰望,皓月当空,俯视池面,银光荡影。不只天上有真月、水中有影月,造园家还在亭中置了一面大镜子,镜中亦有月。三轮明月,虚实环映,真让人心驰神迷。

冬景"看松读画轩"在水池尽头,三间正房是网师园的主要厅堂。东有廊,通"集虚斋"和"竹外一枝轩",西边一墙之隔便是殿春簃。前面湖石砌成的花坛、峰石之间,有古松三株,傲然屹立,传说是宋代建园之初所植,已有近千年历史。古拙苍老,却难掩枝叶青葱,苍苔顽石间,老根虬盘,好一幅古松奇石图。

古老的网师园,承载了千年的幽怨,心揣着无穷往事,多少墨客文人为之倾倒,多少权贵达人为之折腰。在网师园历代的主人里,不知谁给它留下了最深的印记,又或者,它正沐浴着江南的烟雨,在脉脉春尘中等待着与你的不期而遇。

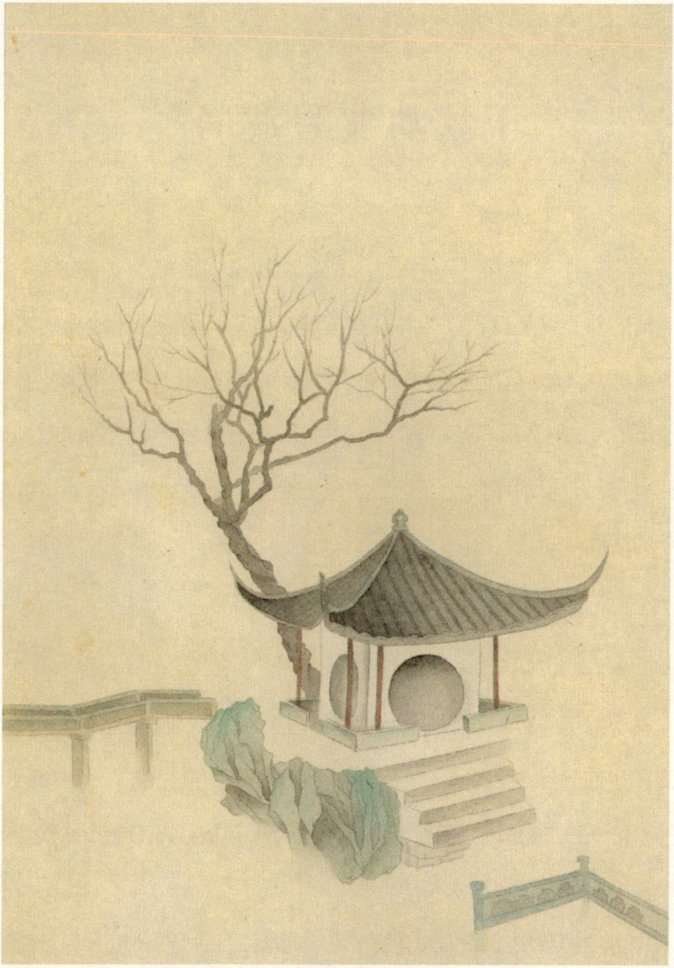

第二节

千秋功业碧波间

辅佐勾践灭吴后，范蠡并没有流连权力，而是隐身于西湖的清风碧波之中，开始了自己的"商业之旅"，终成富甲天下的陶朱公。中国历史上，也有很多帝室贵胄和权臣显贵，在碌碌于庙堂的同时，也拥有自己心仪的宅院。在一生耀眼的光辉谢幕后，他们在此安度晚年的恬淡时光。

风雨恭王府

嘉庆四年（1799年）正月，统治中国长达六十四年的乾隆皇帝走到了生命的终点。他生前的第一大宠臣和珅，也完成了一生最后一件事情——主持乾隆帝的丧事。几天以后，他被宣布二十大罪状，一根白绫，结束了自己贪婪的一生。

作为中国历史上第一大贪官，和珅贪污之巨可谓让世人瞠目结舌。抄家时，单单是白银，就抄出来八亿两，那时候清政府一年的税收才不过七千万两，和珅家私藏的白银竟然抵得上清政府十几年的税收，怪不得当时人们说："和珅跌倒，嘉庆吃饱。"

和珅留下来的，不仅仅是骇人听闻的财富，还有一座富丽堂皇的四合院，就是今天的恭亲王府。

和珅的府邸，怎么辗转到了恭亲王手上了呢？

原来，和珅的儿子因为娶了乾隆的女儿固伦和孝公主而免受连坐，而且还分得和珅的一半府第，以供养公主，但是他们只有居住权。嘉庆皇帝的同母弟——乾隆帝第十七子永璘，则变成了这座院子真正的主人。

乾隆朝晚期，永璘主动退出皇位争夺，他说了这样一句名言："使皇帝多如雨落，亦不能滴吾顶上。惟求诸兄见怜，将和珅邸第赐居，则吾愿足矣！"

看来，与江山相比，这位王爷更喜欢豪宅。

永璘后来被嘉庆封为庆亲王，后来这座宅子传到了永璘的孙子奕劻那里。奕劻已经降爵为辅国将军，却仍然住在亲王规格的豪宅里，不合制度。咸丰元年，内务府把这座宅院收回，并赐给了道光皇帝的宠子——咸丰皇帝的弟弟恭亲王奕䜣。

据说，道光帝晚年虽然有六位皇子，但是皇五子已经过继给醇亲王，老七、老八、老九还不满十岁，能继承皇位的只剩四皇子奕詝和六皇子奕䜣。

奕䜣少年英武，明决果断，深得道光皇帝的喜爱。而奕詝虽然体弱多病，性格懦弱，但为人忠厚善良，在大臣中声望很高，道光自己也很犹豫。

奕詝的老师杜受田，工于心计，深知道光的性格。有一次道光带着两位皇子去打猎，杜受田对奕詝说，打猎时你只需要跟紧皇帝，不要出手，一只猎物都不要打。

而奕䜣的老师卓秉恬却嘱咐奕䜣尽量表现出自己的英勇，好让皇帝知道自己的才能。

果然，奕䜣没一会就打到了很多猎物，道光皇帝很满意，夸奖了奕䜣，但是一转眼看见奕詝一只猎物也没有，就好奇地询问。奕詝回答道："我不忍心看见动物们惨死在弓箭之下。"

道光皇帝听了，觉得奕詝对野兽尚怀仁义之心，对百姓必定更加宽厚善良，于是下定决心传位给奕詝。奕詝就是后来的咸丰皇帝。

后来英法联军侵华，咸丰皇帝逃到避暑山庄，竟然病死在那里。恭亲王奕䜣和两宫太后联手发动了辛酉政变，为慈禧太后执掌中国半个世纪奠定了基础。奕䜣也因此得到了奖励。他掌管了军机处和总理衙门。几经沉浮以后，最终于1898年去世。

清王朝被推翻后，民国时期，"恭亲王府"被奕䜣的孙子溥伟转卖给了教会；而后又被辅仁大学赎回，用作女生学堂；新中国成立后，"恭亲王府"几经周折并最终成为了现今的国家5A级景区。

恭王府在什刹海银锭桥南，是北京现存各王府中结构最精细，布置最得益，且拥有大花园的一组建筑群，排场大，气魄也大。

府中有"天香庭院"，垂花门上高悬匾额。洞房曲户，回环四合，精妙绝伦。若值花期，则院内百花斗艳，梨花如云，海棠如雨，丁香如雪，又与扶疏竹影交相呼应。后部横楼长一百六十米，栏杆修直，窗影玲珑，人袖飘香，让人神往。

楼后有花园，东部小院中翠竹丛生，室静廊空，帘隐几净，雅淡宜人。垂花门前有老槐四株，腹已中空，见证了这座院子的年代，这就是"潇湘馆"了。回廊四周，亭阁参差，与翠柏苍松，古槐垂柳，相映成趣。园中水光石景殊为可看，故虽地处北国，却无枯寂之感。

花园一进门有一个"福"字碑，这个碑上的福字是康熙御笔，在写法上暗含"子、田、才、寿、福"五种字形，寓意"多子、多田、多才、多寿、多福"，流畅自然，被称为"天下第一福"。

有专家说，恭王府中的园林布局，为曹雪芹创作《红楼梦》提供了参照。毕竟，《红楼梦》的故事多是虚构，恭王府中的一草一树，一楼一阁，却都是真实历史的见证者。有人说，"一座恭王府，半部清朝史"，这座宅院亲眼见证了清朝的巅峰、衰落和灭亡。每每进入园中，都让人感慨万千，历史的沧桑和岁月的厚重，在这座小小的宅院中折射出来。

纪晓岚故居

中国自古就有所谓"隐士"，他们通常被分为三类：第一类为小隐隐于山林寺观，如弘一法师李叔同；第二类为中隐隐于田园，如竹林七贤、陶渊明；第三类为大隐隐于朝，即避世于朝廷显宦。听起来有些荒诞，但的确有人做到了，其中最著名的便是汉武帝时的狂人东方朔和乾隆时期的大才子纪晓岚。

纪晓岚一生旷世傲物，却常常以东方朔自况，东方朔又是什么样的人呢？《汉书》中评此人为"滑稽之雄"，善于各种各样的诙谐，智慧过人，敢于直谏，而又善于用一些小的失礼污德的行为保全自己，像隐士一样。他甚至教导自己的儿子应该在朝廷做官容身，只要"不太贪，食可果腹，安步当车，便同隐居在田园山林没什么两样，完全可以不遭逢灾祸"，更不会成为"饿死在首阳山的伯夷、叔齐"。的确，东方朔堪称"避世于朝廷"的高人。

无独有偶，纪晓岚在千年之后重"演"东方朔。可惜的是，近两百年来，这位学术鸿儒多彩的内心世界却被平面化和单一化得太久太久。或许得益于电视剧《铁齿铜牙纪晓岚》的热播，在百姓眼中，他是诙谐、幽默的大师；在学者心中，他是学贯古今的通儒。但这些认识却都有失全面和公允。在纪晓岚一生的八十余年里，除了领撰《四库全书》等十几部巨帙、点勘二十部名著外，他都是艰难地生活在君君臣臣的夹缝中。他虽因文采受宠，却被禁止参政议政；被贬黜时，他向往出世，自号"观弈道人"，官运亨通时，他又不能放下手中权力。他智慧过人，思维缜密，深知触怒龙颜的后果，却也始终抱着"留得青山在，不怕没柴烧"的矛盾心态，期望"隐于朝"能给自己提供一个有所作为的机会。要达到"大隐"境界实在艰难，但纪晓岚毕竟做到了，隐身于朝廷的他，的确获得了自己想要得到的学术成就和社会地位。

几百年后，纪晓岚故居门前的游客络绎不绝，每天都有滚滚的人潮来感受当年这位大才子的生活，或许今天"车如流水马如龙"的繁华更胜过当年。故居就是在这样的"人潮"中默默地矗立。身边的喧嚣和门外的浮华，似乎与自己无关。像极了它当年的主人，它这种"大隐隐于潮"的精神或许是从当年的主人那里继承而来的吧。

纪晓岚在《阅微草堂笔记》中曾借狐仙之口说："天下之大，孰肯以真形示人者，而欲我独示真形乎？"故居的存留，并非强求每一个人都能理解它背后深藏的历史价值。有人来怀念古人，有人来参观猎奇，都是无妨的，所谓仁者见仁，智者见智罢了。

故居最初的主人并不是纪晓岚，而是雍正年间的权臣岳钟琪。但是让这所宅院名垂后世的却不是这位岳飞的后人，而是大学士纪晓岚。纪晓岚在这所宅院里共住过六十多年，直到去世。其子孙后来把宅子租了出去，以后更是数次易主。进入新千年后，阅微草堂旧址修复工程开工，修复后的故居开始对游人开放。

滚滚人潮让故居显得过于喧闹，但与其他众多名人故居的无人问津相比，这所已经残缺的老宅毕竟保留了下来，老宅和它的主人一样练就了一身宠辱不惊的功夫，在喧哗与浮躁的世间，淡定地坚守一方之地。

院子很小，总面积不足二百平方米，四角缀有草坪，院的正西方有个绿面红沿的大鱼缸，东北角则是纪晓岚亲植的海棠树，原先是两株，20世纪60年代砍去一株。如今，剩下的这株也被截去一半，孤坐在袖珍的小院中默默纪念着它的主人。

院子的北端便是大名鼎鼎的阅微草堂。堂内正对大门是一尊纪晓岚雕塑，后面陈列着古色古香的书房家具，但都是仿古物以营造气氛。几百年前，纪晓岚就是在这里生活、在这里读书、在这里写就他流传千古的《阅微草堂笔记》。纪晓岚把自己的书房叫"阅微"，包含了一种谦虚，更多的是一种自嘲。他像蒲松龄一样，借着鬼怪妖狐的嘴，针砭世事，表达着自己对官场黑暗的不满和对穷苦百姓的同情。他曾这样评价自己这部小说：

平生心力坐消磨，纸上云烟过眼多。拟筑书仓今老矣，只应说鬼似东坡。

前因后果验无差，琐记搜罗鬼一车。传语洛闽门弟子，稗官原不入儒家。

李鸿章故居

安徽省合肥市庐阳区淮河路步行街中段208号是一座坐北朝南,气势宏伟的院落,这里曾是晚清重臣李鸿章的府邸。

李鸿章幼年聪颖好学,二十四岁已是"进士及第"。后来,太平天国运动爆发,李鸿章在镇压太平天国中崭露头角,后来又参与绞杀"捻军"起义,从此渐渐掌握军权。此后,李鸿章的仕途顺风顺水,从翰林院编修到湘军幕僚,再到直隶总督,可以说是平步青云。

李鸿章目睹洋人教育的先进、商业的发达、枪炮的锐利,立志要学习洋人的先进科学知识,为振兴中国做贡献。在朝臣们都一味排斥洋货时,李鸿章力排众议,非常具有前瞻性地开通了电报,创办了轮船招商局、北洋舰队等。这些都体现出这位晚清重臣的战略眼光。但是,由于以慈禧太后为首的顽固势力的阻挠,"洋务派"也难免任人唯亲,洋务运动最终没能挽救风雨飘摇的清政府。

甲午战争前夕,适逢慈禧太后的六十寿辰,清廷为了筹办寿辰庆典,挪用了北洋水师的经费,致使水师武器装备落后,军队训练不足,最终在甲午海战中一败涂地。

战后,日本人为了羞辱这位曾经的北洋水师统帅,点名让李鸿章赴日谈判。李鸿章忍气吞声,率团去日本谈判,却遭到日本人暗杀,血染东瀛，几乎命丧异乡。今天李鸿章故居的陈列馆里藏有一件染着斑斑血迹的黄马褂，似乎在诉说着他的不幸。谈判的过程中，李鸿章据理力争，忍辱负重，受尽了屈辱。离开日本时，他发誓：再也不踏上日本的国土。

1901年秋，这个与外国侵略者斡旋一生，受尽侮辱的老人再次出现在谈判桌上，这次要签订的，就是著名的《辛丑条约》。

这次，列强开出的条件让李鸿章大吃一惊，割地之多，赔款之巨，比之前任何一个条约都要多。李鸿章晓之以理，据理力争，无奈列强视若无睹。他为了乞求能少赔哪怕一点点款项而老泪纵横。

回来的路上，李鸿章病情急剧恶化，大口大口地吐血，没多久便去世了。

李鸿章曾把清廷比做"破屋"，自比为"裱糊匠"。弱国无外交，清政府如此腐败无能，李鸿章这个"裱糊匠"又怎么能力挽狂澜呢？

梁启超为李鸿章作传时说"天下唯庸人无咎无誉"，也就是说只有平庸无能的人才不会被毁谤，不会被赞誉。李鸿章虽然犯过不少错，断然不是尽善尽美，但也算得上是一位"誉满天下，谤满天下"的人物了。梁启超说自己"敬李之才，惜李之识，悲李之遇也"，个人的命运，在时代的滚滚波涛面前，又能算得了什么呢？

我们来近距离看看这座院落。

故居整体上是精细的江淮风格，会客厅中陈放着这位晚清宰相一生不同时期的照片，悬挂着他的"墨宝"遗迹。故居前厅布置了"李鸿章生平展"，用大量的珍贵图片与实物展示了李鸿章风云起伏的一生，即少年科举，壮年戎马，中年封疆，晚年洋务。中厅和小姐楼则采用复原陈列的形式展现了李家接待客人和家眷们的日常起居生活情况，充分表现了江淮地区的建筑风貌。东面的"淮系集团与中国近代化的展览"，充分揭示了淮系集团在李鸿章的领导下，对近代军事、经济、文化以及国防方面所作出的突出贡献。

故居自南向北依次为大门、过厅、中厅以及内眷所住的走马楼。整个院落古色古香，具有明显的江淮官宅特点。故居初时规模很大，人们常用"李府半条街"来形容李家住宅群的恢弘气势。历经百年的风风雨雨，故居依然保留独有的风貌。

从步行街进入大门，行数步就到过厅。厅正中是座屏风，上方高悬一块匾额，上书"钧衡笃祜"四个字，意思是李鸿章官显福厚，是李鸿章七十大寿时光绪皇帝所赐的御笔，以褒奖他对大清帝国的功绩。

中厅又称福寿堂，堂高九米，每扇格门上都雕有造型精美、典雅的图案，房梁全是斗榫，不用一枚钉子。大梁两头都雕成象头形，寓意吉祥。正上方的横梁上雕有"佘太君祝寿图"，栩栩如生。东西两厢是李氏后人的书房，青砖墁地，清雅疏阔。

用于祭祀的享堂主体部分由两个四合院组成，前院用于摆放祭品，后院用作祭祀。享堂中轴线上的建筑分为门厅、前堂、寝堂三部分：前堂相当于客厅，是祭祀人员休息的地方；寝堂内摆放逝者牌位。

前院与后宅有严密隔开的屏门，推开屏门，就是典雅古朴的小姐楼，又叫"走马楼"，是李府女眷住的地方。楼上摆放着古老的绣床、雕花的梳妆台、大理石面的圆凳，床、台、凳都是红木家具，有着几百年的历史。红木梳妆台前，一个漂亮的粉彩瓷墩，古色古香。楼上东首第一间据说曾是李鸿章幼女菊耦（著名作家张爱玲的祖母）所住。

这座小院，从历史迷雾中走来，向我们展示了这位晚清悲剧人物的一生。透过故居，我们能够感受到这位清朝末代重臣的功过与是非，辉煌与无奈。

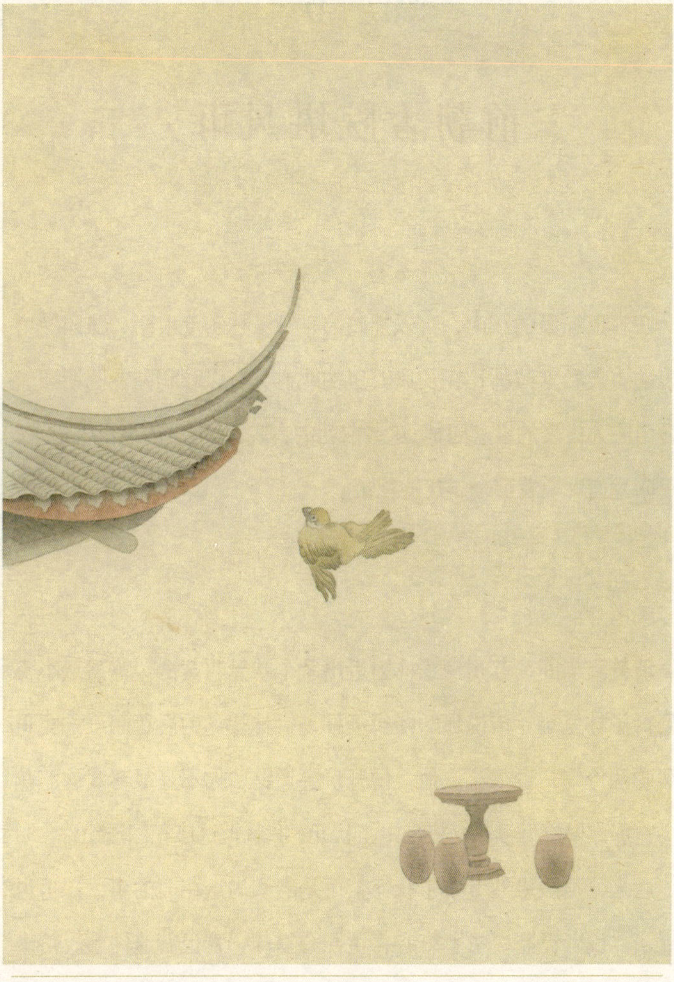

第三节

前朝古院堪风雨

在春风细雨的江南，有以拙政园、狮子林、沧浪亭、豫园等为代表的古典私家园林；在长风万里的北方，有以颐和园、圆明园、避暑山庄为代表的皇家园林。这些前朝的古院，从历史的风雨中走来，似乎向我们诉说着那个年代的往事。

狮子林里的"狮子"

清乾隆年间，苏州狮子林附近出了个状元叫黄熙，黄熙从小喜欢到狮子林里玩。传说那时候狮子林是狮林禅寺的后花园，方丈见黄熙聪明伶俐，也很喜欢他。便开玩笑道："你不是很喜欢这座花园吗？那你要好好读书，将来中了状元，我就把这座花园送给你。"

后来，黄熙果然考中了状元，可是老和尚送花园的事，却再也不提了。说者无意，听者有心，黄熙心里却一直记着这件事。恰逢乾隆皇帝下江南，来到了苏州，听说城北有座出名的狮林禅寺，里面的假山很是出奇，便叫地方官陪着来游玩。

方丈听说皇帝要来，一时慌了，不知如何接驾。突然想起隔壁黄熙书读得多，又见过世面，请他过来，准不会出差错。

于是，方丈叫小和尚把黄熙请到了寺里，老方丈说尽好话，黄熙才应承下来。

不一会儿，只听得鸣锣开道，乾隆皇帝驾到。黄熙和和尚们都俯首贴地跪在山门接驾。乾隆一下轿，黄熙就恭恭敬敬地带路。穿过蜿蜒曲折的殿宇走廊，把乾隆引进了后花园。

乾隆见园中的假山重重叠叠、峰回路转，十分奇妙。这里的假山有的像大狮子，有的像小狮子；有的像公狮，有的像母狮；有的像狮子滚绣球，有的像双狮在嬉闹，真是千变万化。假山还有许多好听的名字，比如含晖、吐月、春玉、昂霄……，连最高的一层假山，也叫狮子峰。

黄熙对狮子林特别熟悉，向皇帝介绍起来，倒也十分生动。乾隆越听越高兴，连连点头，还兴致勃勃地钻进了假山。这假山设计得很巧妙，钻到里面就像走进深山，半天也绕不出来。好比诸葛亮布下的八卦图，奥妙无穷。

园里的树木疏疏密密，连枝交柯，非常秀丽；一池清水，游鱼历历可数。所见景致无处不精、无处不秀，乾隆越看越有趣。穿过假山，他在一个亭子里坐下来，便问亭子叫什么名字。

黄熙知道机会来了,连忙回禀道:"这亭子尚未取名,请圣上为它起个名字吧。"

乾隆喜欢到处题名留字,黄熙的话正中下怀。不觉得心头一热,手头发痒,叫人取来了文房四宝。他绞尽脑汁,搜肠刮肚,也难下笔,一着急就胡乱写下三个字:"真有趣"。

黄熙在一旁看着,见皇帝题出这样不伦不类的字句,将来挂了出去,岂不是要被人笑话吗?他灵机一动,上前奏道:"臣见圣上御题,字字龙飞凤舞,其中这个'有'字更是百媚千态,臣冒死望乞圣上将这个'有'字赐给小臣吧。"

皇上题了"真有趣"三字,自己想想也有点俗气,正想改一改,听黄熙一说,省了这个"有"字,剩下"真趣",倒也来得风雅,就点头应允。并在"有"字旁题了一行小字:"御赐黄熙有",当场就裁下来赏给了黄熙,"真趣"两字留下来做了亭子的匾额。从此,那座亭子就叫做"真趣亭"了。

乾隆走后,黄熙就把这个"有"字贴在园门上,马上叫家人把家具都搬进园来。方丈一看十分奇怪,拦住黄熙问道:"你怎么把家私搬到园子里来啦?"黄熙道:"'御赐黄熙有'这几个大字,你还没看见吗?难道你要违抗圣命?"

方丈这才知道中了黄熙的奸计。从此以后,这个花园就和禅寺分了家,成了黄家的私家花园了。

这是关于狮子林中真趣亭命名的传说。虽然并非真有其事，但也反映出了狮子林深受大家喜爱的事实。

狮子林位于江苏省苏州市城区东北角，是中国古典私家园林的代表之一，属于苏州四大名园之一，也是世界文化遗产。

1341年，高僧天如禅师来苏州讲经，受到弟子们的拥戴。第二年，弟子们便凑钱为禅师建了寺院。天如禅师得法于浙江天目山狮子岩，弟子们兼取佛经中狮子座的典故，称其作"狮子林"，与园中嶙峋古怪、像狮子一样的怪石，却也相得益彰。

狮子林中传统造园手法与佛教思想相互融合，融禅宗之理、园林之乐于一体。园中既有苏州古典园林亭、台、楼、阁、厅、堂、轩、廊之人文景观，更以湖山奇石、洞壑深邃而盛名于世，素有"假山王国"的美誉。园内假山遍布，长廊环绕，楼台隐现，曲径通幽，有似迷阵，暗藏佛理，禅趣盎然。

狮子林东南多山、西北多水，四周高墙深宅，曲廊环抱。以中部的水池为中心，叠山造屋，移花栽木，架桥设亭，使得全园布局紧凑，富有"咫尺山林"的意境。

狮子林不仅有出色的物理景观，还有大量的人文历史元素。长廊的墙壁中镶嵌了宋代四大书法家苏轼、米芾、黄庭坚、蔡襄的书法碑，以及南宋文天祥《梅花诗》的碑刻。

狮子林与当代著名建筑学家贝聿铭有不解之缘。

1917年，富商贝润生以9900银圆买下荒废的狮子林旧址，又购买了园东房宅，周围筑起满墙，花了9年时间重修狮子林。四周绕起长廊，廊墙上布置了听雨楼藏帖、乾隆御碑、文天祥诗碑等碑刻，又增建了燕誉堂、九狮峰、瀑布等景点。

贝祖诒是贝润生的三儿子，曾任中华民国中央银行总裁。贝聿铭是贝祖诒的儿子，是蜚声世界的建筑学家。

提起童年时候在苏州的那段生活，贝聿铭说："那段日子影响了我日后对生活和待人接物的看法。与祖父共同的生活，让我学到了更多的中国传统观念。而那个古老的世界使我更敏于感受。在那里，人们以诚相待、相互尊重，促进人与人之间的关系变得更加融洽，我觉得这才是生活的意义所在。"

童年的贝聿铭穿梭在狮子林的亭台、回廊、奇石和竹林之间，这座美丽的园林赋予了他对建筑最初的审美和灵感，也成为他一生的灯塔和暮年的乡愁。

千年文脉沧浪亭

乾隆皇帝早就听说过苏州弹词的盛名，很感兴趣。有一年他南巡路过苏州，就找说书人为自己说书，请来的是擅长说唱《游龙传》的弹词名家王周士。

那天天色已晚，乾隆特地赐了他一支红蜡烛，命令他弹唱，但王周士一直默不作声，乾隆大惑不解，问他为什么。

王周士说，我从事的行业虽然很卑微，但是我们的习惯是坐着畅谈今古、弹奏乐器，若是站着、跪着，就都不能给您表演了。

乾隆听了，就赐给他一个蒲团，王周士这才坐下来弹唱。

他唱的是《游龙传》，乾隆听后觉得颇有趣味，一时兴起，就赐给王周士七品顶戴，命令他跟随自己一起回北京专门为自己说书。

王周士到北京之后，过不惯官场生活，没多久就称病告假回乡了。

他回到苏州后，创立了评弹艺人第一个行会组织——光裕公所，作为联络艺人和切磋技艺的场所，对评弹艺术的发展起到了积极的作用。

这则故事发生在苏州名园沧浪亭中。不单靠着是苏州的评弹，沧浪亭更是以自己的特色吸引了乾隆皇帝。作为宋代园林艺术的代表，沧浪亭以清幽古朴见长，不落俗套，别具一格。

沧浪亭位于苏州城南三元坊附近，最早为五代孙承佑的别墅，临水堆土成山，广植林木。至北宋庆历年间，著名文人苏舜钦被朝廷削职，举家南迁，以四万贯钱购得孙氏遗业。苏舜钦爱其"崇阜广水，草树郁然"，有别于城中其他地方的景致，取《楚辞·渔父》

中"沧浪之水清兮，可以濯吾缨；沧浪之水浊兮，可以濯吾足"之意，名之为沧浪亭。

从沧浪亭的命名可以看出，苏舜钦有着不与世沉浮的志向。

苏舜钦非常惜爱此园，作了《沧浪亭记》。其中，他这样描述自己在沧浪亭中的生活：

予时榜小舟，幅巾以往，至则洒然忘其归。觞而浩歌，踞而仰啸，野老不至，鱼鸟共乐。形骸既适则神不烦，观听无邪则道以明；返思向之汩汩荣辱之场，日与锱铢利害相磨戛，隔此真趣，不亦鄙哉！

其友著名文学家欧阳修又作长诗《沧浪亭》，写到了沧浪亭中的景色：

荒湾野水气象古，高林翠阜相回环。新篁抽笋添夏影，老蘖乱发争春妍。

水禽闲暇事高格，山鸟日夕相呼喧。不知此地几兴废，仰视乔木皆苍烟。

可见，其中不仅有荒湾野水、高林翠台，也有新篁老蘖、水禽山鸟。此园亦随美文传颂一时。

苏舜钦之后，此园曾几经易手。南宋绍兴年初，抗金名将韩世忠曾居住于此，一度名为韩园。元、明两代改为佛庵。至清康熙三十五年（1696年），江苏巡抚宋荦见名园颓败，于是拨田重修，将原先临水的沧浪亭移于土山之上，成为今天的格局。

沧浪亭临水而建，古葑溪沿园北墙自西向东而流，两侧叠石为岸、老树掩映。古台芳榭、高树长廊，隔水迎人，游者未入园中，便已为之神驰遐想了。

入园门需跨过一座石桥，进门后山严林肃，"水令人远，石令人幽"。园子用复廊围起来，廊用花墙隔开，两面都可以过行人。园外景色自漏窗中投入，引人入胜。园内园外，似隔非隔，山崖水际，欲断还连，园中秀色可窥而不可即，应用了造园手法中"以水环园""借水成景"，不着一字，尽得风流。

园林的沧桑古雅，在于树老石拙，这在沧浪亭中最为突出。沿磴道而上，石径盘旋、林木森然。抬头见一亭即"沧浪亭"。到山顶，四周古树参天、风声飒飒，亭上集苏、欧诗句的楹联"清风明月本无价，近水远山皆有情"，不免令人心旷神怡，怀古之意油然而生。

园中植有很多乔木修竹，摇姿滴翠，沁人心脾。兰香之气，时而盈袖。墙壁如粉，竹影萧萧。不仅可以静观、可以雅游、可以作画，还可以题诗。从宋代的苏舜钦、欧阳修、梅圣俞，直到近代名画家吴昌硕，数有名篇，美不胜收。其中，原主人苏舜钦的绝句最能写出个中静趣：

夜雨连明春水生，娇云欲暖弄微晴。帘虚日薄花竹静，时有乳鸠相对鸣。

在豫园看假山奇石

豫园位于上海市南市区城隍庙。

豫园系明刑部尚书潘允端筹建于嘉靖三十八年（1559年）。潘允端入仕前，在上海老城内北隅自家住宅东面建园，取名为"豫园"，是有"豫悦老亲"的意思。万历五年（1577年），潘允端自四川布政司告病致仕，开始集中精力修建豫园。竣工后，全园遍布亭台楼阁，曲径游廊相绕，奇峰异石兀立，池沼溪流与花树古木相掩映，规模宏伟、景色佳丽。

明末清初，潘氏家道衰落，旧园渐荒，其地亦被分割，风光不复。清康熙年间，在原豫园的一块土地上建造了庙园"灵苑"。乾隆年间，当地豪绅又集资收购了豫园余地，重新恢复当年的园林风貌。于是灵苑被称为"东园"，而位于西边的新修复的园林则被称为"西园"。在以后的岁月中，豫园又遭到多次严重破坏，几成废墟。

新中国成立后，为了保护这一珍贵的文化遗产，人民政府拨专款对豫园进行了大规模修复，20世纪80年代起开始对外开放。

现豫园占地约两公顷，全园景点有四十八个，大体可分成仰山堂及大假山景区、万花楼景区、点春堂景区、会景楼景区及玉玲珑景区。另外还有自成体系的园中园——内园。

豫园西部的重点风景是堆叠于明代的黄石大假山,这是现存江南最大、最完整的黄石山,它的设计者是明代江南著名叠山艺术家张南阳。张南阳是上海人,从小受到很好的绘画训练,别号小溪子,又号卧石生。他用画法试叠假山,随地赋形、千变万化,见石不露土,塑造出各种自然山景奇观,宛然如真。豫园大假山是他留存的唯一遗作。豫园中的亭台楼榭几经变迁,这座大假山却一直屹立不动。

这座假山有三个特点。

其一,是气势宏大、整体性强。艺术家运用了各种巧妙的手法将无数大小不同的石块,组合成一个浑然的整体,山中有石壁悬崖,有深谷磴道,有岩洞流水。尽管山高只有十二米左右,但是一入其境,便如同来到了自然界的万山丛中,实为城市山林创造中的大手笔。

其二,是开合得体、自然多趣。堆山和画山一样,妙在开合。"开"是分散,"合"是集中,"开合"便是妥善处理分散和集中的矛盾。豫园大假山之得力于一条纵深的涧谷,它切入山腹,使山体向南伸出两条山脉,渐渐低下去与水池、涧溪交融在一起,在国内园林假山中独具一格。

第三,山路磴道、尽曲尽变。假山不只是"看",还要供人们亲自去攀爬游览,因此游山路线的布置也很重要。豫园假山游览路线有两条：一是从"溪山清赏"门到前山，经过其山麓的"挹秀亭"，沿山势的起伏曲折宛转而上，又奇又险，趣味无穷；另一条是后山磴道，由"萃秀堂"右侧起，穿越曲洞盘旋而上，路线几乎是垂直的，更是危峻无比。当年，爬到山顶的"望江亭"就能看到黄浦江上的点点风帆。

如此好的山林景色，并不能一览无余地暴露在游赏道路上让人观看，而是用楼廊相绕，藏在园子的西北一隅。这也是中国园林艺术"曲有奥思"的佳例。

赏过假山景色，不能忽略了山背后的观景点"萃秀堂"。萃秀堂位于假山东北面的峭壁异石间。它是假山一区的尽端建筑，后边高墙围隔，前边和西边是峭壁危崖，唯东边可通。其地理位置犹如山中的小盆地，显得格外静谧。静坐堂中，推窗便可细赏黄石假山的垒块石壁，以及石面的质地纹理，是为"近观取其质"而特别设立的赏景点。因为开门见山，间隔距离很短，更觉得主山高大险峻。

豫园的晴雪堂前有一片雅洁的花地，假山堆叠形姿变化极为丰富，可谓奇石林立。山上古木均是清代所植，参差苍古。坐在堂中，这座假山很自然地成为主要观赏对象。

面对假山自东至西有"延清楼""还云楼""观涛楼"几座楼阁，彼此连在一起，俗称串楼。三座楼中，以观涛楼最为有名，楼有三层，是豫园内最高的建筑。早先，这里是观看黄浦江秋涛的好地方，现在随着城市的发展，此处已看不到黄浦江了。静观堂之东，有一小水池，俗称九龙池。池水三边游廊周绕，南边由一道水花墙隔断山脚，形成一个曲折幽静的水院，一水口穿过花墙洞口流入山间，看上去显得源远流长，幽深莫测。东边，一枝古木从湖石池岸上斜向水面，透过花墙上的漏窗，假山石壁之景又像是在向人招手。

豫园的假山好看，奇石也好看。

置立于点春堂景区南边的太湖石"玉玲珑"，是豫园的镇园之宝。玉玲珑是江南三大名峰之一，石身玲珑剔透，表面布满孔穴，外形飞舞跌宕，具有漏、瘦、皱、透之美。传说石中万窍灵通，"以一炉香置石底，孔孔出烟；以一盂水灌石顶，孔孔流泉"。玉玲珑不愧为峰石之上品，以它为主景，构成了一个观石的景区。为了能朝夕欣赏这石峰，潘允端还对着它盖了一座"玉华堂"，作为自己的书斋。

这座地处大都市的园林，用它别具匠心的假山和奇石，为游人们送上了一份独有的静谧。

"借"来的颐和园

颐和园位于北京市海淀区，占地二百九十公顷，是中国现存规模最大、保存最完整的皇家园林，被誉为"皇家园林博物馆"，与承德避暑山庄、苏州拙政园、苏州留园并称中国四大名园。

清代是皇家园林达到鼎盛的时期，皇家苑囿的规模之大、数量之多，建筑之巨，是以往任何朝代都不能比拟的。其建筑风格也各有特色，颐和园利用昆明湖、万寿山为基址，以杭州西湖为模仿蓝本，汲取了苏州园林巧妙的设计手法和意境构造，将天然山水和人工楼台完美结合，塑造了一个天人合一、端庄大气的园林境界，是中国古代园林中"虽由人作，宛自天开"的典范。

颐和园的"借景"手法，是中国传统田园中的代表。它以数十里外层峦叠嶂的西山为远景，以青葱苍翠的玉泉山为中景，以园中的景观为近景，层次分明，引人入胜，恰如画卷。这些巧妙的构思，使园中有限的空间得到延伸，形成了"可望、可行、可游、可居"的"四可"之境，可以说颐和园是构园师们用自己的智慧从大自然里"借"来的。就像"颐和园"三个字的寓意：以亲近、和谐的态度去面对自然，正是颐养天年之道。

全园布局以山为主，以水为辅，水体狭长，曲探幽谷，山势峥嵘，水貌深邃。昆明湖气度恢弘，场面开阔。令人心旷神怡、胸怀舒张。周围天然水系纵横灵动、风光旖旎。园中景色采用散点透视的手法，全而齐，不杂乱，分布广，不分散。其主体分为三个区：以仁寿殿为中心的政治活动区，以乐寿堂、玉澜堂和宜芸馆为主体的生活居住区和以万寿山、昆明湖为主体的风景游览区，其中有佛香阁、十七孔桥、彩色长廊等著名建筑。

佛香阁位于湖面的中轴线上，可是仅仅是布局上的中心并不足以使其成为掌控全园的主景，设计者把它安排在万寿山的半山腰，通过"抬高地形"的主景升高法来突出了景点之间的主从关系。

在中国传统园林中，石是山之骨，水是园之魂，颐和园水景的应用非常出色。湖面碧波涟漪，湖边垂柳芊芊。树色秀美、身姿绰约，倒影晃动，让人沉醉。

园中大大小小的桥极大地丰富了水体景观。十七孔桥细腰如带，长虹卧波，虚实相应，引人遐想。桥身平坦，上有亭榭，凌空赏湖，碧波荡漾。

要说最让人印象深刻的，就不得不称赞彩色长廊了。

颐和园中的彩色长廊始建于1754年，复建于1886年，并在1940年、1959年和1979年经历了三次重绘，是中国园林彩画的典型代表。它有彩画一万四千余幅，被列入"世界吉尼斯纪录"，成为"当代世界上最长的古建画廊"。颐和园画廊的灵魂是"苏式彩画"。

明清时期，北京大量兴建建筑，盛行于江南一带的苏州彩画大量传入北方，并在几百年间不断演变，其题材、构图、图案都发生了变化。乾隆时期的苏式彩画色泽艳丽、装饰富贵，被称为"官式苏画"。颐和园彩画长廊上的山水、花鸟、人物、风景线条细腻，形象逼真，内容丰富，吸引了大量的游人。

除了这些动人的主景,颐和园中的人工造景也堪称绝品。青砖碧树、异草奇石,各种造园元素的巧妙搭配和运用,让整个园林意蕴深远。随着时令、季节的变更,各景观景色各异、次第"绽放",到了秋冬,既有万木萧瑟、落叶缤纷的寥廓苍古,也有松柏常青、满目绿翠的盎然生机。

颐和园不仅浸透着祖先们的血汗,还凝结着祖先们的智慧和造园艺术的精华。经历了二百年沧桑后,在今天仍然显示出它独特的魅力。

这座古雅幽美的皇家园林,为现当代的很多园林设计提供了榜样。上海长风公园位于上海市区的西部,整体风格与颐和园十分类似,又结合了江南园林的特色,树木交错,水光粼粼,空气清新,亭台星布,给都市中的人们送去一份大自然的清凉。这种皇家园林的华贵与江南水乡的灵秀相结合的设计理念,也催生了很多意趣盎然的园林作品。说不定还有那么一座,能赢得你的兴趣呢。

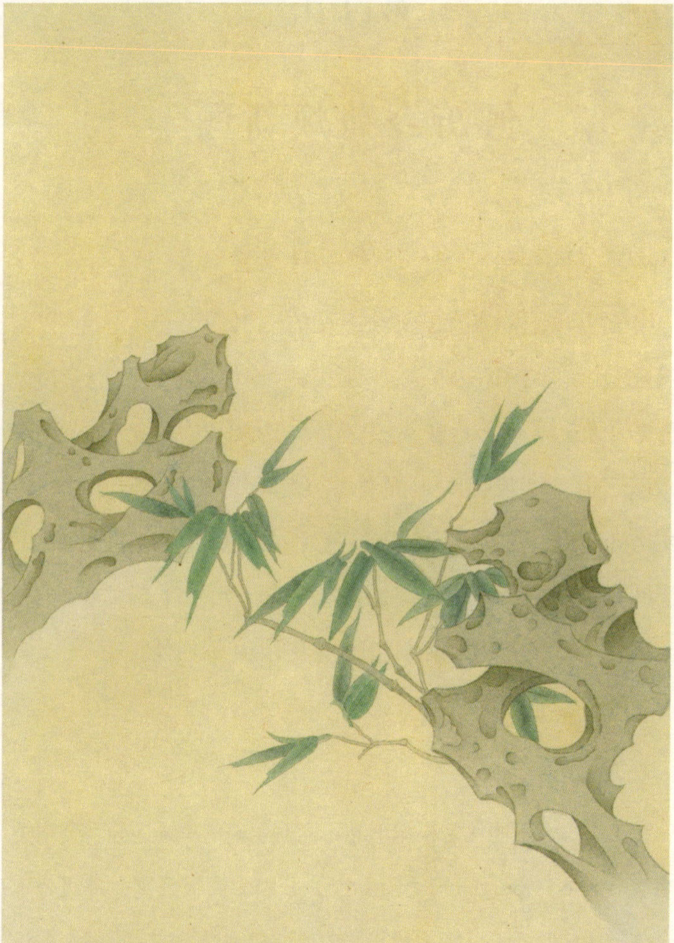

第四节

何妨今苑焕新颜

中华古典园林，有的纵然穿过历史的长河，今天仍然予我们以美的感受，比如拙政园、颐和园、网师园、狮子林等；有的却永远消失在历史的烟云中，如阿房宫、上林苑等。但是，它们终究是古人的作品。今天的我们，汲取了古人的哲思，继承了古人的情怀，在中华传统文化和造林技巧的基础上，结合现代科技发展，动用自己的智慧，设计出了适合现代人居住的精致"别墅"和院落，在忙碌快节奏的现代生活中，安置自己的闲暇，让其成为我们的心灵归处。

浅谈"别墅"

在英语里，不同住宅根据形态不同有明确的单词区分。公寓类住宅有 condo、apartment 和 studio，分别为高级公寓、普通公寓和合体一居，而 house 则相当于国内所说的别墅类住宅。国内则没有这么多讲究，不管哪种形态的独立住宅，"别墅"二字就全涵盖了。

"别墅"是在清朝末年，随着西方殖民者入侵，与西方的文化一起涌入中国的。很多有经济实力的中国人开始接受欧美等西方国家的别墅风格，但是这些别墅风格却未必真的切合了中国居民的需要。

比如，西班牙风格的别墅起源于地中海，地中海属典型的海洋气候，四季湿润，但是在中国，从广东到哈尔滨却都有这样的别墅存在。再比如，北欧建筑本来适应在寒冷地区，却出现在中国上海。

所以，根据地域地理和气候上的差别，来考量南北方应该采用的别墅风格是很有意义的。

首先，北方的别墅强调阳光充足，而南方别墅则强调通风条件良好。它们影响了建筑的体型设计、门窗设计和院落设计。北方的阳光，能提供更高的舒适度，同时又能突显出建筑阴影、轮廓的美感。南方的长江中下游地区，梅雨绵绵，经常处于潮湿之中，则需要通过大量的半室外空间来主要解决通风问题。

其次，北方建筑强调厚重、朴实，尽量选择一些以砖、石为主的材料；而南方强调的是清新、通透，材料用的多是涂料、木结构、仿木结构、钢结构等。

再次，在绿化植被方面，北方有很多具有鲜明季节特色的植物，如乔木、灌木等，一年四季，红、绿、黄，色彩变化很丰富，庭院设计可以强调其四季变化，这是南方做不到的；而南方则可以更多强调水的特点，如湖面、小溪、小河、池塘等。

随着经济的发展，人们对良好居住环境的渴求越来越强烈。近些年，顶级的"别墅"更是有了"豪宅"的称谓。

何谓"豪宅"？顶级"豪宅"应该满足怎样的标准呢？笔者认为，应该有如下五个维度。第一，应该具有稀缺的先天资源，必须占据城市核心的地段或者优良的自然资源。第二，有着高高在上的价格，高单价、大面积，整体价值完全脱离竞争层级，形成足够高的价格壁垒。第三，顶级的硬件标准。从设计理念到用材，从硬件到软件服务，全方位打造产品附加价值。第四，立足软件的突破和软硬件的结合，而并不仅仅是硬件上的追求。第五，满足顶级客户的需求，注重私享、影响力和艺术性。

这几个维度，每一个又都有细分的高标准。拿硬件来举例，国内顶级豪宅的硬件需要满足八项主要标准。设计上是大师之作，讲究定制性、艺术性、地标性；材质上用国际品牌，讲究货真价实、奢华、王室御用；人文上看中时间元素，讲究古树、山石、历史；空间上突破传统，兼顾人性化；功能上追求多元，突出室外功能室内化、享受性；还要有高科技元素，讲究时尚、精密、安全；物业管理方面必须做到五星级服务。

目前国内顶级豪宅在硬件的配套档次上已经趋向完善；在软件的标准上已经初步做到"圈层生活"；在私享、影响力、艺术性上也正在进行着更深层次的挖掘。

"豪"不只"豪"在硬件,更要"豪"在软件、"豪"在服务、"豪"在文化。

中国"别墅"简史

西方别墅在历史上可追溯到罗马帝国时代的哈德良离宫,成熟阶段应在文艺复兴时期古典主义盛期的贵族乡间村邸,甚至国王的离宫,如弗朗西斯一世的枫丹白露、路易十四的凡尔赛宫等。它们或有华丽宏大的园林、或享天然奇美的山水、或于乡间田野、或在岛屿海湾,常为皇室贵族独享。

在中国古代典籍里,"别墅"往往叫"离宫""别业"或者"行馆"。唐代的祖咏写下了一首诗,生动地描绘了古人的"别业"闲情:

别业居幽处,到来生隐心。南山当户牖,沣水映园林。

屋覆经冬雪,庭昏未夕阴。寥寥人境外,闲坐听春禽。

在民国以前,中国的"别墅"多以传统民居为主,富人住的房子,大多都是精品。一方面体现了中国传统文化,另一方面又体现了强烈的地域特色。但是,在鸦片战争后,殖民者引入欧美原版别墅的建筑风格,曾经一度改变了中国别墅的类型,并使其逐渐成为有钱人住宅形式的主流。

中国传统民居的没落不代表中国建筑文化的落后，其本质上还是经济发展水平的反映。在西方强势的文化渗透下，西方别墅虽然并不真正适合我们，但是它能带来一种满足感、成就感和优越感。这种"感觉"推动着人们进一步选择西方别墅。由此，一直到20世纪末，西洋式、东洋式的别墅建筑，都是我国别墅的代名词。

新中国成立后，尤其是20世纪90年代起，国内的现代别墅开始如雨后春笋般，随着改革开放的浪潮出现在中华大地。90年代初的别墅，地理位置都集中在山顶、江畔、湖边、海滨，大多数都是风景如画、得天独厚。这倒是与"别墅"远离城市、山水田园的"初衷"是一致的。

或许是因为理念太超前，国内经济还没达到与之匹配的高度，城市配套、生活配套跟不上，以及开发商自身问题，这些别墅区在当时的命运是极度尴尬的，相当多甚至变成"烂尾"。

时过境迁，到21世纪初，"别墅风"再次卷土重来。那时城区主要是一些中小规模的小别墅区，它们严格定义下甚至都算不上真正的"别墅"，但已经是当时高端的豪宅了。或许，正是由于这些小区没有严格遵从"别墅"的定义，没有执着于选择自然环境清净、优美的地方，而是选择在城区，所以入住率反而很高。

后来，各种各样的别墅群如雨后春笋般涌现，几乎每个大型开发商都有一个代表作。别墅区基本围绕山、江、湖泊、海滨而建，无论是在自然环境的保留、塑造方面,还是生活便利上,都追求极致,于细节处见功夫。

为了保证真正能与周围环境融合到一起,别墅区的规模不宜太小,否则将难以维护周边环境,形成稳定独特的生活模式。现在的别墅区往往面积很大,动辄数百亩,或者与大型楼盘相通,在保证高端品味的同时,不失生活的便利性。

近年来,随着土地供应日益紧张,别墅的供应量大减,真正符合别墅定义的山顶、江滨、海边、湖畔的高端别墅,价格还会不断走高。随着房地产市场的日渐成熟,那些"山寨"版产品,在环境维护、小区管理上出现的问题会越来越多。

民国以来,社会名流和富贵人家都对别墅情有独钟。北戴河别墅群是我国近代的四大别墅群之一。它始建于1893年,后来被人们开发成避暑胜地。这里红瓦素墙,别有洞天,饱经沧桑,韵致犹在。徐志摩曾在这里凭案吟诗,何香凝曾在这里临窗泼墨,梅兰芳曾在这里浅斟低唱,精美的窗棂、细致的台阶诉说着主人们当年的情思。

当代的名人望族对别墅的钟爱有增无减。著名画家范曾的别墅坐落在北京碧水庄园,这里环山抱水、龙脉之巅,天物人文,皆称绝世。坐落在首都东北温榆河畔的丽斯花园,是歌唱家那英的别墅,不仅树林、河水、曲径环绕,环境清幽,而且能购物、健身、游泳,设施俱全。

杭州灵隐路与玉泉路交界处的林风眠别墅，是由美术家林风眠亲自设计的，糅合着东西方建筑的轻灵感觉却又含蓄奔放；位于浙江杭州的西溪自古以来就是隐逸之地，被文人视为世外桃源，秋雪庵、西溪草堂、梅竹山庄等都曾是历史上文人雅士的别业，当代名人余华、杨澜、潘公凯等也都入驻了西溪。

美丽的山城重庆也深受社会名士们的钟爱。抗战时期，重庆作为陪都，汇聚了大量名人，宋庆龄、蒋介石、戴笠、林森、张治中等都在这里有自己的公馆；老舍、郭沫若、梁实秋等文化名流也在此有自己的别墅。

在物质条件允许的情况下，你是否也想在这些美丽的城市里，拥有一片属于自己和家人的"桃源仙境"呢？

别墅的设计和布置

别墅创造了一种完全有别于城市住宅、甚至一般意义的独栋住宅的居住概念。"别墅"一般位于郊区，环境优美，容积率低，有更大的户外空间。为人们创造了一种多功能、全方位的生活空间。别墅的设计也有越来越多的讲究。

在现代别墅追求个性的风潮下，简约风格受到了很多购房者的推崇。我们在现代生活中承受了太多的压力，渴望拥有自由的感觉、优雅的姿态和不凡的品位。我们需要让浮躁的心境趋向平和，我们呼唤简约、时尚环保的建筑理念。简约是一种生活态度，时尚是一种生活的品质，环保是一种生活的保障。在喧嚣的都市里，让我们的生活空间更自然、纯净、简洁、清新、时尚、环保、宁静。

近年来，随着环保建筑的发展，"低碳住宅"和"绿色住宅"也开始成为一种时尚。低碳建筑是指在建筑材料与设备制造、施工建造和建筑物使用的整个生命周期内，减少石化能源的使用，提高能效，最终降低二氧化碳排放量的建筑。随着新能源技术的发展和我国"碳中和""碳达峰"战略目标的提出，"低碳住宅""绿色住宅"一定会越来越深入人心。

别墅的布置对提高生活品味有重要的影响。我们以具体的例子来谈谈。

比如，庭院可以以植物造景为主，选择适应性强、观赏价值高的花草植物来装点。以乔木花灌木为主，体现出良好的生态环境效果。植物通过变化、统一、平衡协调和韵律等配置原则进行搭配种植。地被以绿色苗木和花灌木为主，形成局部大色块，体现亮丽的植物图案线条和韵律美。

水是许多庭院里不可缺的精灵，它可以与庭院中的一切元素共同组成一幅美丽的水景图，而木材在家庭庭院中则起着点睛作用。叠泉与水池经济实用，更具艺术气息，水池里摆设些景观石，平滑的、粗糙的，柔软的、多刺的、有光泽的或有绒毛的，将精致混以粗犷，柔软配以粗硬，共同打造出庭院特殊的质感和视觉效果。

室内环境的美感是通过采光和通风来加以表现的。没有采光也就没有空间、没有通风、没有造型了，光可以使室内的环境得以显现和突出。自然光可以消除人们在房间内的窒息感，随着季节、昼夜的不断变化，使室内生机勃勃；人工照明可以恒定地描述室内环境，随心所欲的光影变幻加强了空间的容量和感觉。同时，光影的质和量也对空间环境和人的心理产生影响。另外，在起居室里可采用反射光和漫射光，柔和恬静的光线使人心情舒畅、悠闲自在，把烦恼暂时抛到一边，在松弛中得到休息。

别墅室内空间主要由卧室、客厅、厨房、主卧、客房、卫生间等组成。

人们希望卧室具有私密性、蔽光性，配套洗浴、静谧舒适，与住宅内其他房间分隔开来。卧室是整套房子中最私人的空间，可以完全根据自己的想法来设计，不必去过多考虑其他人的看法。纯粹的卧室是睡眠和更衣的房间，更确切地说，卧室是一个完全属于主人自己的房间，可以在这里读书、看报、看电视、写信、喝茶等，当你不愿被他人打扰时你就会躲进卧室。所以，设计卧室时，首先应该考虑的是让主人感到舒适和安静。

客厅是多功能、多用途的空间，是生活空间的中心。它的最佳位置是在餐厅旁边，与私人空间分开。在设计时应考虑家庭成员的数量、访客量和家族风格，它通过摆设家具，建立了一个稳定的区域，在所提供的空间里满足需求。这样的空间构造便于主人在最佳位置欣赏花园和风景，其稳定的气氛让家庭成员可以尽情地喝茶、听音乐。

厨房是为日常生活提供餐饮的保证，按功能可分为储存、洗涤和烹调三个主要区域，其设计可尽量表现出简约风格。

在高雅、独立又精致的"别墅"空间内，主人可以按照自己的爱好和品味，设计自己和家人们喜欢的生活。

院落与家风传承

中华文化比世界上任何一个文明更重视传承。只有中国，把过去两千多年的历史，详细地记录下来，形成了浩如烟海的二十四史，这是中华文化注重传承的例证。

如果说西方文化更多的是对神的崇拜，那么中华文化主要偏重祖先崇拜。西方偏重于神本文化，最终是要个人对神负责，自己做的善事恶事，最终都要由神去奖惩。而中华文化是人本文化，最终往往是对列祖列宗负责。做了光荣的事，往往说"光宗耀祖"，做了不好的事情，首先想到的也是"愧对祖宗"，对祖宗的崇拜是流淌在中华民族血液里的。

如果说帝王将相们可以用名垂青史传承自己的事迹和精神，那么，名儒雅士们也有自己名流后世的方法。比如，著名的立言、立德、立功。能立德立功者，多半也能在史书中找到属于自己的篇章或者角落，立言似乎成了文人们更为普遍的追求。从孔子著《春秋》、司马迁写《史记》，到近代名家的名著名篇，其实都是立言的范畴。

有的立言者，其遗产是留给全人类的，影响了整个人类和民族的文化传承。而有些立言者，更多的是对子孙的嘱托、对后代的期许，希望自己的功业和精神能被子孙崇拜和继承，是写在人类基因里的，属于人类最基本的需求，而中华民族对此尤为重视。

写给自己后代的文字，往往有家训和家书两种形式。

家训，其实拥有悠久的历史，《太诰》是周朝的创立者写给后代的训诫，此后历朝历代有才干的帝王，都对后世留有训诫。比如汉高祖告诫后人"亲其师，信其道"，汉武帝家训"尝而后知其甘苦"注重孩子的探索精神，刘备教育后代"勿以恶小而为之，勿以善小而不为"，唐太宗教育后代"玩物者必丧志"……

历代名士也多有家训传世，诸葛亮的"非淡泊无以明志，非宁静无以致远"，朱柏庐在《朱子家训》中说"一粥一饭，当思来之不易；半丝半缕，恒念物力维艰"，欧阳修教育后辈"玉不琢，不成器；人不学，不知道"。

琅琊王氏是我国古代顶级门阀士族，晋代四大盛门"王谢袁萧"

之首,素有"华夏首望"之誉。其家训有云"以信为首,以行达信,开门施教,贵在待人",想必对子孙有非常重要的正面影响。

除了家训,还有家书。中国近代就有几大著名的家书,分别是《曾国藩家书》《梁启超家书》《傅雷家书》,都各有名篇名句传世。

如果说家训和家书是以文字为载体的家风传承,那么以宅第和院落为载体的传承,在"精神"的基调上更多了一些实实在在的"物质"成分,成为众多历代名人富家们的选择。

《汉书·食货志下》有载:"世家,谓世世有禄秩家也。"古往今来,有资格称为"世家"的名门望族,都拥有殷厚的财力与话语权。纵观历代的名门世家,世代传承的载体并不是金钱,金钱不具有穿越时空的魅力,其载体往往是一所家宅。一座带着祖先生活气息的古典宅院可以穿过岁月的阻隔和历史的沧桑,实现两代人之间在同一屋檐下的对话。

《礼记·大学》中说:"修身、齐家、治国、平天下。"家族,是每个中国人成长的基础。作为家族历史的见证者和实际传承者,家宅是见证今世、教化后世的基业所在。

中国历史上,有许多著名的家宅穿透历史,传承到现在。它们不仅演绎了各家的风雨悲欢,也被赋予了很多的历史承载,给后人留下了一些永远难以磨灭的印痕。

晋中市的乔家大院是一座雄伟壮观的建筑群体,设计之精巧,工艺之精细，体现了中国清代民居建筑的独特风格，具有相当高的观赏、研究和历史价值，是一座无与伦比的艺术宝库，被称为"北方民居建筑的一颗明珠"，素有"皇家有故宫，民宅看乔家"之说，名扬三晋，誉满海内。

王家大院位于山西省灵石县城东，是由静升王氏家族经明清两朝，历三百余年修建而成，包括五巷六堡一条街，绚丽精致、雍容典雅，体现了中国古代北方地区民居"坚固、实用、美观"的建筑特点。

李家大院是清至民国时期晋南首富李子用的家宅，始建于清道光年间，坐落在万荣县闫景村，与乔家大院、王家大院并称为"晋商三蒂莲"，素有"乔家看名，王家看院，李家看善"之说。整体建筑为竖井式聚财型山西四合院，同时吸纳了徽式建筑风格，因李子用曾留学英国，部分院落为"哥特式"建筑，是南北融汇、中西合璧、三晋无匹的晋商大院，浓缩了汉族传统文化的深厚底蕴，有着极高的文化价值、艺术价值。

晋商在近代中国有煊赫的名声，而同样有着不凡表现的渝商在对传世家宅的诉求上，似乎比晋商有过之而无不及。

清代著名富商彭瑞川耗资白银三万余两在重庆巴南白鹤林修建的彭家大院，是重庆清代规模最大的民居建筑之一，其占地面积超五千平方米，建筑面积超三千平方米，共有房间近八十间，天井十二个，由十个回廊式四合院而组成，气势恢宏。其中的木雕、石雕等构件美轮美奂，展现了民间工匠高超精湛的建造技艺。

富商陈万宝在涪陵青羊修建了石龙井庄园，这座庄园花了三百多名工匠十二年的时间。超百间的房屋和纵横交错的天井、廊道就像穿越重重历史。院中戏楼、花园、水池、仓库、碾场、槽坊、圈舍等一应俱全，数百处木雕石雕无一重复，堪称艺术杰作。

清代富商所建的豪宅，以后来被称为"杨氏民宅"的田坝大院最为有名。它坐落在今天的重庆市潼南区双江镇，历时十二年建成，占地五千四百平方米，建筑面积两千六百平方米，是一座呈内向长方形、横列四大单元的房舍，进深跨院，形成四合大院。其中共有五十一间房屋厅堂，一百零八扇大门，大小天井十个，三百余扇风格独特、样式精美、工艺精湛的雕花门窗，是清代私家宅院中的佳品。

或许是因为这些富商的带动，重庆的私家园林尤为有名，历代的殷富之家也都更多地选择以宅院作为传承家业的形式。特别是在晚清时期，重庆开埠以后，一大批叱咤风云的工商业巨子大量购置产业，形成了名门望族兴建世家豪宅的风潮。

西南最大的布行"谢亿泰"的主人谢艺诚，买下了道门口一座精美院子作为私宅，取名"谢锡三堂"，其后来又被称为"谢家大院"。大门匾额上书"宝树传芳"，取自谢安、谢石打赢淝水之战后，东晋皇帝称赞他们所说的"此乃谢氏之宝树"，借祖上的荣耀鼓舞后世子孙。

有"西南首富"之称的李耀庭，在白象街修建了豪奢世家大宅"卜凤居"，其子李湛阳、李龢阳更是耗银十万两，为他在鹅岭建造了私家园林"礼园"。礼园占地两万平方米，以苏州园林为蓝本设计。它清幽高雅，甲于重庆。

或许因为人杰地灵，或许因为山清水秀，重庆在民国时期，竟然又迎来了第三次世家大宅兴建的浪潮。抗战烽火中，重庆作为陪都，成为全国政治、军事、经济、金融、文化、教育中心。这里风云际会、名流聚集，一大批达官显贵开始在重庆建造别墅园林、公馆洋房。在渝中，有陶园、荫园、陈诚公馆、刘湘公馆等；在南山，有黄山别墅、孔园、顾庐、杜月笙公馆等；在歌乐山，有林园、孔祥熙公馆、吴国桢公馆等。一时之间，有身份、有地位的人，无不选择重庆作为传世宅院的置办之所。

一所宅院，不仅仅是物质上的传承，更是精神上的延续。一方院子，就是一个家族的奋斗史，对外彰显身份地位和家族荣耀，对内则承载着家风家训。

曾国藩故居中的富厚堂前厅名为"八本堂"，厅内悬挂曾国藩所书"八本堂"三个黑地金字匾额，额下是曾纪泽用隶书所写其父的"八本"家训："读古书以训诂为本，作诗文以声调为本，侍亲以得欢心为本，养生以少恼怒为本，立身以不妄语为本，居家以不晏起为本，居官以不要钱为本，行军以不扰民为本。"

李光地是清代名臣，在康熙年间曾任文渊阁大学士兼吏部尚书，一生廉洁奉公，爱国爱民。他深知一个人的成长与家族教育密不可分，晚年亲自拟定家规家训，其中包括《家训·谕儿》《诫家后文》等。李光地在《家训·谕儿》中教诲子弟，读书务必讲方法；在《诫家后文》中，李光地告知后辈要懂得先祖"起家艰难"，要求他们"收敛约束，和顺谦卑"，不可"侮老犯上""贪利夺食"，强调为人处世的伦理道德。这些家训至今书写在李光地故居的墙上，影响着一代又一代的后世子孙们。

"家风"是看不见的风尚习惯、摸不着的精神风貌，在一个家庭乃至一个家族长期延续过程中发挥着无可替代的重要作用。后代子孙要想取得瞩目的成就，离不开良好家风的熏染教化、沾溉浸濡。

现代社会也在提倡家风、家训的传统教育，家风是融在血脉中的骄傲，是先人从一代又一代的生活中总结出的家族风气。好的家风是一种道德的力量，需要大家一代又一代地传承下去。

能够把淳朴的家风遗训，连同自己的成就和业绩、情怀和理念，以家宅这种古老又现代、"物质"又"雅致"的形式，传给自己的后世子孙，在当今有着特别的意义，不仅可以让自己的子孙长葆物质的富足，也能让其长期在世家美德的浸染下，取得更丰厚的精神财富。

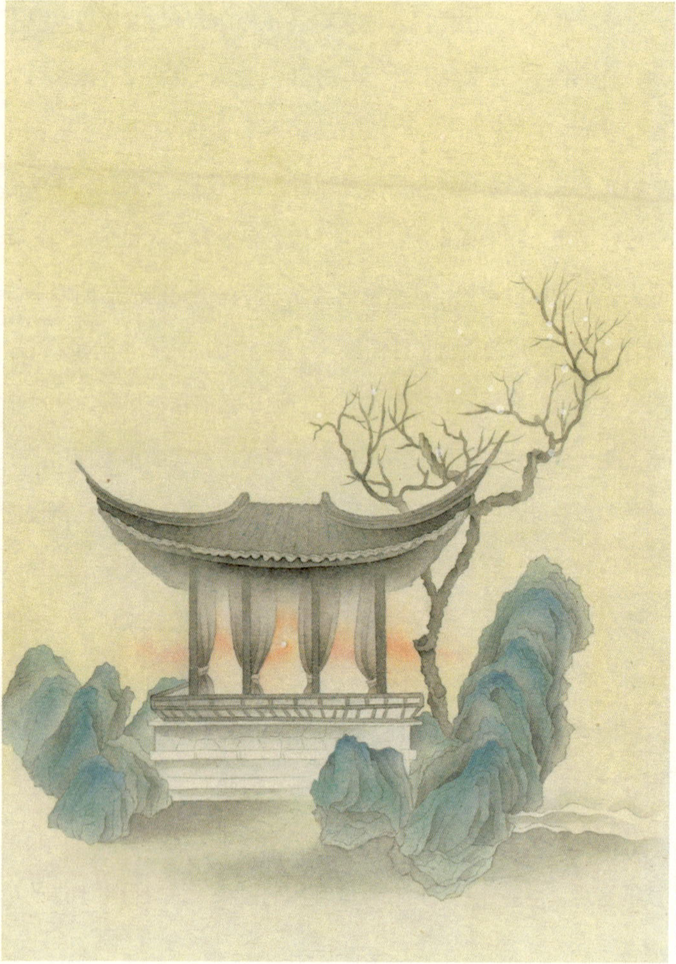

后记

自古以来，中国的知识分子和上层人士都对桃源生活充满了向往。以庄子、竹林七贤、陶渊明、王维等为代表的文人墨客们留下了大量的诗文书画；以拙政园、留园、个园、狮子林等为代表的园林宅院为人们留下了建筑与自然融洽和谐、淋漓尽致的美。这些不仅是中华民族文化与智慧的传承，更是人们对美好生活亘古不变的追求。

设计雅观、雕琢精美的园林是自然与人文的完美结合。为了追求这种天人合一的极致境界，古人们不仅讲究选址和整体布局，更是对一砖一瓦、一门一牖的外观和用料有苛刻的要求。在此基础上，追求山与水的搭配，静与动的和谐，石树与鱼鸟的照应，自然与人文的统一。他们以诗文为琴瑟，以吟咏为音喉，以画图为天地，以笔墨为沟壑，在亭台楼榭的檐宇下，在水石风竹的翠影中，过着潇洒超迈、无拘无束的日子。

一栋栋楼阁渐渐在风烟沧桑中黯淡，一辈辈士人在历史长河里消逝，他们的情怀和智慧却被炎黄子孙们继承下来。中华民族是个尊重祖先、重视传承的民族。高档的别墅宅院，不仅是地域特色、工匠精神的汇聚，是物质与价值的载体，更是对后辈子孙的嘱托和牵念，寄托了我们穿越几十年、数百年甚至上千年的情思。

在浩瀚沧桑的岁月面前，生命短暂又脆弱，富贵不足傲，金钱不足恃。何不精心选一处明宅佳院，在半生疲惫后休憩身心，也让自己对子孙的牵念随着它一起穿越时光呢？

此书从构思到完成得到了许多朋友的帮助，在此一并表示衷心的感谢，谨以此书献给心中有"桃花源"梦的你。